L'ESCROCOEUR

© 2021, Berlingen, Annie
Edition : Books on Demand,
12/14 rond-Point des Champs-Elysées, 75008 Paris
Impression : BoD - Books on Demand, Norderstedt,
Allemagne
ISBN : 9782322198320
Dépôt légal : Février 2021

Annie BERLINGEN

L'ESCROCOEUR

Roman

AB

Ecrire pour le plaisir

« L'amour est un secret entre deux cœurs, un mystère entre deux âmes. »

Anonyme

NOVEMBRE 2018

Quelque part dans Paris

Un quartier lugubre, un hôtel sordide, une chambre triste au papier peint fané et vieillot.
On se croirait dans un mauvais film américain de série B.

Une femme, à moitié dévêtue, assise sur un lit en fer défait qui grince à chacun de ses balancements.
A ses pieds, un homme, allongé un couteau dans le ventre et, sur sa chemise blanche, une tâche rouge qui s'élargit.

Elle compose le dix-sept. Au bout du fil, une voix ensommeillée questionne :

– Police secours. Que puis-je pour vous ?
– Je viens de poignarder mon amant. Je crois qu'il est mort.
– Que dites-vous, Madame, demande l'officier pour le coup totalement réveillé. Où êtes-vous ?

– A l'hôtel Blanc, rue des Oiseaux, chambre 23.
– Ne bougez pas ! Ne touchez à rien. Nous arrivons.

Elle referme son portable, recommence ses balancements auxquels s'ajoutent maintenant les paroles d'une chanson de Johnny qu'une radio diffuse quelque part dans la ruelle

« Je n'étais qu'une folle, mais par amour
Il a fait de moi une folle, une folle d'amour... »

La sirène de police déchire le silence. La lumière du gyrophare éclaire de tourbillons bleutés les murs gris, suintants d'humidité.
Immobile maintenant, la jeune femme a fermé les yeux.

Flash back : sur l'écran de ses paupières closes, défile le film de ces six derniers mois qui ont détruit sa vie.

* * * *

JUIN 2018

*

1

JUIN 2018 – Isabel

Isabel Berthier affichait fièrement ses quarante ans. Assez grande, elle avait des courbes et des rondeurs où il fallait, une chevelure d'ébène qui mettait en valeur ses grands yeux bleus. Toujours très élégante, elle attirait le regard des hommes mais restait célibataire. Elle revendiquait haut et fort, son statut de femme libre, sans attache. Elle aimait son indépendance et aucun homme jusqu'alors n'avait retenu son attention ou même fait battre son cœur.

Cadre supérieur dans une agence de la BNP, son désir de gravir les échelons lui avait pris beaucoup de son temps. Employée dans cette succursale depuis quinze ans, elle avait franchi toutes les étapes de son ascension grâce à Léon Aubry, l'ancien directeur. Après un BTS en comptabilité, obtenu brillamment, il avait, au cours de l'entretien, perçu tout son potentiel et l'avait recrutée. Il lui avait conseillé de présenter tous les concours internes qui se présenteraient. Il l'avait prise sous son aile et accompagnée dans sa progression. Grâce à la foi qu'il avait en elle, elle avait atteint le dernier palier. Aujourd'hui, elle occupait le poste de numéro deux dans l'agence, son espoir étant d'en devenir le numéro un : la directrice.

Lorsque Léon Aubry avait pris sa retraite, elle était certaine d'obtenir le poste. Pourtant la direction lui avait préféré un jeune homme, tout fraîchement sorti d'HEC, Aurélien Darcourt qui assurait cette fonction depuis un an. Sa déception fut immense mais n'affecta en rien son travail.

— *Ta valeur et tes compétences seront reconnues un jour et tu obtiendras ce poste, j'en suis certaine, lui disait sa sœur Nina, pour la consoler.*

— *Espérons, répondait-elle.*

Ses rapports avec le nouveau directeur n'étaient pas franchement cordiaux, mais plutôt tendus et acerbes. Dès sa prise de fonction, cet homme de trente-cinq ans, comme tout nouveau chef d'établissement, avait voulu appliquer ses méthodes et imposer d'autres techniques de travail, un règlement intérieur différent qui mit tous les employés en difficulté. Proches de la retraite, certains avaient fait toute leur carrière dans cette agence et eurent bien du mal à appliquer les nouvelles consignes qui bouleversaient leurs habitudes. Même la fidèle clientèle s'interrogeait, ne retrouvant plus la disponibilité des employés ni la chaleur des rapports d'avant. Pourtant rien ne stoppa ce besoin de changement. Rien ne le fit se détourner de son projet.

Dès son arrivée, il avait flashé sur la jeune femme. Se croyant autorisé à tout, il tenta de séduire Isabel, lui promettant plus de responsabilités et un meilleur salaire. Elle le repoussa en lui faisant clairement comprendre qu'elle n'était pas intéressée par une promotion canapé, qu'elle avait franchi tous les échelons par la seule qualité de son travail et qu'il pouvait l'oublier.

Éconduit aussi vertement, il en devint agressif et blessant, critiquant constamment la gestion de son prédécesseur, rendant Isabel complice de ses méthodes ancestrales. Il l'avait vexée à plusieurs reprises devant ses collègues, lui suggérant, au vu de son âge, de demander sa mise à la retraite. Elle tenait bon et continuait d'assurer sa tâche auprès de cet homme malgré les envies de vengeance et même de meurtre qui lui traversaient souvent l'esprit. Elle les repoussait mais à chaque nouvel affrontement, resurgissait cette envie irrépressible de lui sauter à la gorge.

* * * *

2

Vendredi 8 – La rencontre

Au volant de son Alfa Roméo Giuletta rouge, sa dernière petite folie, Isabel – *elle avait hispanisé son prénom qui passait mieux dans ce milieu bon chic - bon genre dans lequel elle évoluait* - pensait à son parcours professionnel. Elle percevait un salaire confortable qui lui permettait ce genre de caprice et de mener une existence agréable. Elle avait acquis un bel appartement dans une résidence sécurisée du 16e arrondissement de Paris, quartier calme et huppé, s'il en est. Elle aidait aussi financièrement sa sœur Nina et Bruno son mari, chauffeur de taxi. Depuis quelque temps, ils avaient des fins de mois difficiles. Elle couvrait de cadeaux leurs deux enfants, Lisa et Théo, ses neveux qu'elle adorait et qui l'adoraient aussi. Sa vie amoureuse se limitait à quelques aventures sans lendemain. C'est ce qui lui convenait le mieux. Jusqu'à présent elle avait eu la chance de tomber sur des partenaires de passage ou sur des hommes mariés, ce qui résolvait le problème. Lorsqu'on lui demandait pourquoi elle n'était pas accompagnée dans la vie, elle répondait :

– *Je suis une femme libre. Je ne vois pas pour quelles raisons je devrais me mettre la corde au cou. Pour élever des mouflets ? Faire la cuisine ? Dormir toujours avec le même homme ? Quelle tristesse ! Très peu pour moi. Je suis trop bien comme ça. Je fais ce que je veux, quand je veux. Personne pour me contredire ou me sermonner. Libre, je suis libre.*

Elle aimait aussi faire la fête et sortait beaucoup. Elle allait souvent en discothèque, une en particulier où elle avait ses habitudes et son cercle de connaissances. Elle allait au théâtre, visitait des expositions ou dînait dans les restaurants branchés. On l'invitait souvent dans des soirées programmées par des amis de longue date ou occasionnels mais triés sur le volet.

Elle remplissait sa vie et son vide par des plaisirs superficiels. Elle le savait mais n'en disait rien. Au fond d'elle-même, elle aspirait à rencontrer un jour l'homme qui ferait battre son cœur au point de vouloir franchir le pas et redevenir celle qu'elle cachait derrière cette fausse désinvolture : une femme fragile aspirant à trouver une épaule solide où poser enfin sa tête et son cœur. Elle émit un soupir.

Ce soir-là, elle était invitée chez son amie Charlène du Clos des Pins, styliste pour une grande maison de prêt-à-porter. - *Elle aussi avait transformer son nom qui de « Duclos » était devenu « du Clos des Pins », une particule qui sonnait bien dans ce milieu Bon chic, Bon genre.* -

Elle organisait une soirée pour fêter son anniversaire. C'est l'unique fois où il y avait un prétexte à faire la fête. La plupart du temps, c'était des soirées pour n'importe quoi et quand ça lui chantait.

A cette occasion, Isabel avait soigné tout particulièrement sa toilette, son maquillage et sa coiffure. Elle portait une combinaison noire, garnie d'une fine dentelle qui laissait entrevoir la peau dorée de ses épaules, des escarpins aux talons vertigineux et une pochette assortie à sa combinaison. Un léger mais savant maquillage, rehaussait le velouté de sa peau, mettait en valeur la profondeur de son regard et soulignait délicatement sa bouche. Ses cheveux d'ébène, savamment coiffés-décoiffés, encadraient son visage de mystère. Tout en elle attirait le regard.

L'ambiance était très animée. Les lumières changeantes d'une boule à facettes irisaient les murs et le plafond de l'immense salon, lançant des éclats colorés et mouvants. Le DJ s'activait derrière ses platines, proposant les musiques rythmées à la mode. Les invités évoluaient par petits groupes, certains se déhanchaient sur « Alexandrie, Alexandra », tandis que d'autres discutaient, un verre à la main.

Son amie la voyant arriver, émit un léger sifflement.

-- Quelle classe, ma chérie ! dit Charlène. Tu as fait fort ce soir. Tu es ma...gni...fique.

-- Tu aimes ? demanda Isabel en tournant sur elle-même pour se faire admirer Je l'ai achetée spécialement pour ce soir. Tu n'es pas mal non plus,

mon chaton, remarqua-t-elle. Et tu n'as rien laissé au hasard : DJ, barman, serveur

-- Au diable l'avarice ! chuchota Charlène. On n'a pas tous les jours quarante ans. Mon banquier va me faire la tête, mais je l'amadouerai avec mon sourire Émail Diamant qu'il apprécie.

Elles s'embrassèrent puis son hôtesse entraîna Isabel vers le bar. Un expert en cocktails y jonglait avec son shaker. Elle se fit servir deux mojitos bien frappés. Les deux amies trinquèrent.

-- À nos amours et au preux chevalier qui osera ce soir nous conquérir, dit Charlène en riant.

-- Je ne voudrais pas te vexer mon Chaton, mais je crois que tu es de plus plus barrée ! rétorqua Isabel, dans un fou rire

– Mais, j'espère bien ! Ah, tiens ! Viens que je te présente mon nouvel ami Arnaud. Nous nous sommes rencontrés à un vernissage. C'est un écrivain et je crois bien, un prédateur ! Méfie-toi ! chuchota-t-elle à l'oreille d'Isabel.

– Prédateur, carrément ?

– Oui, un tombeur, comme disaient nos parents. Il repère ses proies puis s'en va chasser. Allez, viens.

Le jeune homme se retourna au moment même où elles arrivaient près de lui. Il avait une coupe de champagne à la main, un sourire ravageur et des yeux de velours.

Isabel qui s'apprêtait à déguster son mojito, laissa son geste en suspens. La foudre venait de tomber à ses pieds, pulvérisant son âme. Elle manqua renverser son mojito. Mouvement qu'elle réprima rapidement mais qui n'avait pas échappé au chasseur.

Face à elle, deux yeux sombres, un visage taillé à la serpe et envahi par une barbe de trois jours soigneusement entretenue. Très grand, on devinait sa carrure d'athlète sous sa veste de smoking. Il devait avoir une trentaine d'années, beau à en couper le souffle. Pas un éphèbe sans consistance mais un homme viril, affichant sa masculinité sans prétention, sûr de lui et de son pouvoir de séduction. Le cœur d'Isabel se mit à battre de façon désordonnée. Elle essaya d'en rassembler les morceaux sans montrer son trouble. Comme dans un brouillard, elle entendit la voix de Charlène :

– Cher Arnaud, permettez-moi de vous

présenter ma meilleure amie, Isabel Berthier, banquière ou presque ! Isa, je te présente Arnaud de Brainville, écrivain. Pardon, je vous abandonne, d'autres invités arrivent. Faites connaissance, je reviens.

– Mes hommages, belle Dame, susurra-t-il

d'une voix grave, chaude et mélodieuse. Je suis ravi de faire la connaissance de la meilleure amie de Charlène.

–

— Ravie de vous rencontrer, lança la jeune femme qui avait repris le contrôle de son cœur.

Leurs regards se croisèrent. Mystérieux, enjôleur pour lui. Prudent et détaché pour elle.

— Ainsi vous êtes « presque » banquière ? dit-il en riant.

— Banquière est un bien grand mot. Mais c'est ça, «presque». Vous connaissez l'humour de Charlène, je suppose. En réalité je suis adjointe au directeur d'une agence bancaire. D'où le «presque» de mon amie.

Ils rirent de bon cœur à la plaisanterie.

— Et vous, dit Isabelle, êtes-vous « presque » écrivain ou « complètement » écrivain ? demanda-t-elle, amusée. Elle s'était ressaisie, même si elle fondait en le regardant.

— Je le suis devenu complètement il y a quelques années, maintenant. C'est mon métier. Je devrais dire ma passion.

— Qu'écrivez-vous ? Je veux dire quel genre de livres ?

— Des romans, des nouvelles, des essais mais surtout des romans, romans d'amour ou romans existentiels. Peut être avez-vous entendu parler ou lu peut-être le dernier « Une drôle de vie »?

— Euh... je... en fait, le titre me parle.

— Oh, mais ce n'est pas grave, rassurez-vous, je n'ai pas d'ego surdimensionné. Je compte donner prochainement une soirée pour fêter la vente de mon millième livre. J'aurai plaisir à vous y convier et à vous dédicacer un exemplaire.

— J'en serais ravie, dit-elle. Ça me changera de parler d'autre chose que de chiffres et de gros sous.

— C'est vrai que vous devez manipuler beaucoup d'argent dans vos fonctions ?

— Beaucoup, oui, mais au bout de quelques années, on n'y fait plus guère attention.

Isabel luttait intérieurement contre une évidence : elle venait de succomber au charme de ce jeune auteur. Le coup de foudre, le vrai.

Charlène revenait vers eux.

– Bien, je vois que vous avez fait connaissance, j'en suis ravie. Mais vos verres sont vides, remarqua-t-elle. Venez, suivez-moi.

Ils emboîtèrent le pas de la maîtresse de maison.

– Chaton, est-ce que je peux utiliser ta salle de bains, ? demanda Isabel

– Je ne vois pas pourquoi tu demandes, tu connais le chemin. Je te ressers.

– Comme c'est mignon, dit Arnaud. Chaton, cela vous va bien.

– Merci ! Elle est la seule à m'appeler ainsi et j'aime bien.

Isabel avait ressenti le besoin de s'éloigner un moment pour reprendre ses esprits ; Charlène la rejoignit.

– Alors, que penses-tu de mon écrivain ?

– Il a un charme fou, c'est le moins qu'on puisse dire.

– Méfie-toi, n'oublie pas que je l'ai baptisé Prédator, dit-elle en riant.

- T'inquiète, lui dit Isabel. Je le trouve beau mec, mais je ne tomberai pas dans ses filets. Une nuit ou deux, je ne dis pas mais tu le sais, je suis vaccinée anti macho.

La jeune femme se mentait à elle-même, refusant de renoncer à être un cœur libre.

- C'était juste pour te prévenir, ma poulette. Et puis, tu es grande, n'est-ce pas ? se moqua Charlène.

- Oui, Chaton ! Je suis grande ! Arrête de me faire rire, j'aimerais bien que mon gloss tienne une partie de la soirée ! chuchota Isabel

- Viens, allons déguster ce sublime mojito, dit son amie en lui prenant le bras.

- Le barman n'est pas mal non plus et plutôt agile de ses mains ! dit Isabel avec un clin d'œil entendu.

- Oh là ! Pas touche, jeune dame. Chasse réservée ! Pour ce soir, la couguar, c'est moi. répondit Charlène.

Un éclat de rire commun mais discret, les secoua. De retour dans la salle, Isabel remarqua que l'écrivain parlait et riait avec un petit groupe de cinq à six femmes. Il était à l'aise au milieu de ses admiratrices qui le dévoraient des yeux.

Elle regretta de ne pouvoir se joindre à elles sans paraître importune et décida de déambuler de façon à ce qu'il la voie. Elle embrassa au passage Christian Delors, un ami d'enfance habitant le même quartier qu'elle.

– Ah, c'est toujours les mêmes, dans ces soirées, plaisanta-t-elle. Ça va, mon Chris ?

– T'as raison, va falloir qu'on change de crèmerie un de ces jours, pour plus voir les mêmes tronches ! Je dis pas ça pour toi, Isa.

– Je l'espère bien, voyou. Excuse-moi un instant, dit-elle.

La conversation terminée, Arnaud était de nouveau seul, sa coupe de champagne en main. Elle continuait sa progression lente vers un groupe de connaissances lorsqu'il la remarqua. Arborant son plus beau sourire, il l'intercepta au passage.

– Je vous kidnappe. Je me suis libéré de ces admiratrices un peu trop collantes et j'ai envie de me nettoyer l'esprit, lui chuchota-t-il à l'oreille. Venez ! Faisons un tour à l'extérieur.

– Volontiers, dit Isabel, ravie de l'avoir pour elle seule.

Ils s'éclipsèrent discrètement et gagnèrent la terrasse

– Nous sommes seuls, remarqua-t-il. Un peu de silence nous fera du bien.

– Effectivement, c'est assez bruyant ce soir.

Ils s'installèrent sur un canapé garni de coussins moelleux et entreprirent de discuter de Charlène, de ses créations qui faisaient fureur, de sa gentillesse. Elle occupa une grande partie de leur discussion. La proximité du jeune homme affolait Isabel. Alors, prétextant un rendez-vous le lendemain, elle se leva et prit congé.

Il lui proposa de la raccompagner chez elle. Elle déclina son offre.

– Je suis venue avec ma voiture et je dois la récupérer pour me rendre à un rendez-vous en banlieue, dimanche matin mais merci de me l'avoir proposé. Bonne fin de soirée.

– Donnez-moi au moins votre numéro de téléphone que je puisse vous joindre, je vous donne le mien en échange ! implora-t-il

Elle accéda à sa demande et ils partagèrent leur numéro. Sa poignée de mains ferme et chaude la troubla comme une caresse. Il retint sa main un moment et demanda :

– Accepteriez-vous de prendre un verre à La Rotonde Montparnasse, ce soir à dix-neuf heures ?

-- Ce soir ? Dit-elle.

-- Eh bien oui ! Il est deux heures du matin, nous sommes donc samedi. Il riait

-- Je n'ai pas vu le temps passé ! Pourquoi à pas, dit-elle sans plus réfléchir. Entendu ! Ce soir dix-neuf heures à La Rotonde.

Elle s'en fut rapidement. Quelle émotion !

– Que m'arrive-t-il ? s'interrogea-t-elle. Assise à son volant, elle regrettait maintenant d'avoir refuser qu'il la raccompagne. Elle aurait très bien pu laisser son véhicule dans la parking souterrain.

L'immeuble de Charlène était sécurisé et elle pouvait le récupérer n'importe quand dans la journée, son amie lui ayant donné le code d'accès. En fait, son refus n'était qu'un acte de résistance contre l'émotion ressentie pour cet homme.

Isabel se dit que ce qui lui arrivait était pour le moins étrange. Elle tourna la clé de contact et dit à haute voix :

— Je ne me laisserai pas avoir, mon vieux ! Non et non, pas question...

Mais tout au fond d'elle, elle se savait prise au piège de deux grands yeux sombres comme la nuit et d'un sourire à faire craquer la plus entêtée des vieilles filles célibataires.

* * * *

3

Samedi 9 – 19h à La Rotonde

Le rendez-vous avec Arnaud de Brainville avait été fixé à dix-neuf heures. Malgré la chamade qui agitait son cœur à l'idée de le revoir, Isabel décida d'arriver avec dix minutes de retard. Pas question de lui montrer le trouble immense qu'il avait provoqué en elle. Malgré tout, elle était inquiète. Ne la voyant pas arriver, n'allait-il pas renoncer et s'en aller? Elle se dit que ce serait une preuve et s'en tint à sa stratégie.

Sa montre affichait dix-neuf heures dix quand elle arriva. Elle marcha lentement jetant un coup d'œil à l'intérieur de la brasserie. Elle l'aperçut au travers de la vitre de la terrasse qui longe le boulevard Montparnasse. Il avait son portable collé à l'oreille. Peut-être l'appelait-il, inquiet de son retard. Son téléphone ne se manifestant pas, elle entra et s'avança vers lui.

Il lui fit un léger signe de la main en souriant. Il se leva pour l'inviter à s'asseoir, tout en poursuivant sa conversation. Isabel ôta son manteau et s'installa.

– Écoutez, cher ami, nous en reparlerons, si vous le voulez bien, reprit-il à l'attention de son correspondant. Je vous rappelle bientôt. Mon invitée vient d'arriver. Au plaisir.

Puis, se tournant vers Isabel :

– Pardonnez-moi. C'est un jeune pigiste qui me tanne pour que je le présente au rédacteur en chef du Figaro qui est un ami.

– Il n'y a pas de mal, je vous en prie, c'est à moi de vous prier d'excuser mon retard.

– Une jolie femme se doit toujours d'être en retard. Bien sûr que je vous pardonne. J'ai pris la liberté de commander deux coupes de champagne, j'espère que ça vous convient

Sans attendre sa réponse, il fit signe au serveur qui passait près de leur table.

– J'apporte votre commande tout de suite, Monsieur de Brainville, dit-il.

Isabel ne manqua pas d'être étonnée, mais ne le montra pas.

– C'est parfait, j'adore le champagne. Mais, dites-moi, vous êtes connu ici, remarqua-t-elle en souriant

– Rien d'extraordinaire, vous savez. La Rotonde est réputée pour ses rencontres littéraires. Beaucoup d'écrivains, parmi les plus prestigieux, en ont fait leur lieu de prédilection. J'avoue que j'y viens assez souvent. Vous connaissiez ?

– De nom, seulement et pour être passée devant plusieurs fois. Mais je n'y étais jamais entrée. Le décor me fascine.

Il tendit sa coupe vers elle.

– À notre rencontre et à la plus jolie « presque banquière » que je connaisse.

Elle rit en trinquant et répondit:

– Au triomphe et à la reconnaissance par la postérité, du « complètement écrivain » face à moi.

– Parlez-moi un peu de vous, chère banquière.

– Pas de quoi écrire un roman, je vous avertis tout de suite. La vie banale, mais non dénuée d'intérêt d'une cadre supérieure qui aime son métier, mais qui apprécie aussi de penser à autre chose, comme vous le voyez.

– Suis-je indiscret si je vous demande si quelqu'un vous accompagne dans la vie

– Vous l'êtes, en effet. Mais, je vais vous répondre. Il n'y a personne. Ma vie sociale est bien remplie, quelquefois trop et les rencontres fortuites me suffisent amplement. Par ailleurs, j'ai une sœur et un beau-frère qui ont eu la merveilleuse idée de m'offrir un neveu et une nièce, deux merveilleux enfants. Je les adore tous et ils me le rendent bien. Cela me comble suffisamment et je n'ai besoin de rien d'autre. Ai-je satisfait votre curiosité ? demanda-t-elle.

– Tout à fait, chère Isabel. Mais ce n'était pas de la curiosité. Plutôt une façon détournée de faire plus ample connaissance et de pénétrer par effraction dans votre univers.

Ils rirent ensemble de cette saillie, digne d'un écrivain.

– Êtes-vous obligée de rentrer après cet agréable moment ou puis-je vous inviter à dîner ? Le restaurant de la Rotonde est réputé pour sa cuisine mais aussi pour les personnalités qui l'ont fréquenté ou le fréquentent.

Avant même qu'elle ne réponde, il ajouta :

– Quand vous pensez que des gens comme Picasso et Hemingway, mon auteur américain préféré, souligna-t-il, y avaient leur table…

Elle se mit à rire.

– Effectivement, c'est un argument de poids, dit-elle moqueuse, mais je pense que j'aurais accepté, même si ces messieurs n'y avaient jamais mis les pieds !

– J'adore votre humour. Donc, c'est dit. J'avais pris la précaution de réserver une table, car elles sont prises d'assaut chaque soir.

– Vous ne doutez jamais de rien ? dit Isabel en souriant. J'aurais pu dire non.

– Et j'aurais dîné seul, désespéré, sans appétit devant mon caviar, en pensant à vous et à vos yeux merveilleux et puis…

– Vous êtes vraiment un écrivain, il n'y a aucun doute, le coupa-t-elle toujours souriante. Parfait, tournons donc la page et passons à des réjouissances gustatives.

* * * *

4

Dimanche 10 - Journée à la campagne

La Giuletta rouge filait à vive allure sur l'autoroute en direction de Palaiseau. Au volant, Isabel *(alias Isabelle)* reprenait à tue-tête une chanson de Diane Tell que diffusait son autoradio. Elle chantait en changeant les paroles :

« Vendredi, j'ai rencontré l'homme de ma vie...».

Elle était gaie, heureuse comme jamais auparavant. Elle se sentait légère comme un papillon. Amoureuse ? Déjà conquise ? Elle ne se posait même plus la question, c'était devenu une évidence pour elle.

Comme presque tous les dimanches, quand elle n'avait pas d'invitation particulière, elle déjeunait chez sa sœur Nina. Avec Bruno, son mari et leurs deux enfants Lisa et Théo, ils habitaient depuis une dizaine d'années à Palaiseau, à dix-huit kilomètres de Paris. Ils y avaient acquis un pavillon dans un ensemble immobilier agréable et calme. C'était une jolie maison toute simple, avec un étage, un jardin suffisamment grand pour y passer d'agréables journées autour d'un barbecue et de déguster son café à l'ombre du platane. Il y poussait aussi un cerisier et un pommier. Nina, sa sœur, veillait avec amour sur ses plantations de fleurs : quelques rosiers, des hortensias et des jardinières débordant de géraniums luxuriants. Un endroit reposant et paisible.

Mais tout n'était pas rose dans la vie de cette famille. Employé dans une usine du coin, Bruno avait depuis toujours un rêve : devenir chauffeur de taxi. L'opportunité d'acquérir une licence se présenta à lui, alors il fonça. Il réalisait son désir au prix d'un endettement sur dix ans. Les premières années furent très satisfaisantes et le couple décida d'investir dans ce pavillon pour avoir un chez eux, avec un jardin pour les enfants, la tranquillité aussi. Malheureusement avec la présence des Uber, le travail devint plus dur et les rentrées d'argent moins importantes. Les deux crédits combinés leur posaient parfois des problèmes pour boucler la fin de mois. Nina décida de devenir assistante maternelle.

Ce travail ramena un peu plus d'argent mais pas suffisamment pour pouvoir vivre correctement. Isabel les aidait chaque fois que sa sœur la sollicitait. Elle le faisait volontiers sans jamais faire de remarque ou donner des conseils.

Elle gâtait aussi son neveu et sa nièce à qui elle ne savait rien refuser. Heureusement, c'était deux enfants peu exigeants.

Ce dimanche donc, elle se rendait à ce rendez-vous dominical et familial. Sa sœur l'accueillit avec un grand sourire.

– Salut ma grande sœur, lui dit-elle. Comme tu es belle ! Tu rayonnes ! Que caches-tu derrière cette joie que je sens en toi.

– Rien, ma chérie ! Juste le plaisir de vous retrouver, répondit la jeune femme. J'ai apporté le dessert et un peu de foie gras, dit-elle en lui tendant un sachet.

– Fauchon ! Rien que ça ! Ouah, ma belle, tu as fait des folies.

– Qui a parlé de Fauchon, demanda Bruno qui entrait dans la cuisine.

– Regarde ce qu'elle a acheté, lui dit sa femme en lui montrant le contenu du sac qu'elle avait étalé sur le plan de travail.

– Du foie gras, une tarte au citron meringuée, des macarons. Que fêtons-nous, ma chère belle-sœur, dit-il en l'embrassant.

– Rien en particulier. Juste envie de vous faire plaisir. Où sont les enfants?

– Dans leur chambre.

– J'ai quelque chose pour eux. Et elle grimpa à à l'étage.

– Elle a encore fait des folies, soupira Nina.

– Tout le monde descend, appela Bruno. Les brochettes sont prêtes. A table.

Isabel, Lisa et Théo arrivèrent en riant, les enfants revêtus de magnifiques T-Shirt, derniers modèles à la mode.

— Maman, papa, regardez ce que tante Isa nous a offert.

— Encore une folie. Merci ma chérie de nous gâter autant.

Nina serra sa sœur dans ses bras. Elles échangèrent un tendre baiser. Le repas fut gai et savoureux. Nina observait sa grande sœur, la trouvant changée. Elles se retrouvèrent à la cuisine pour la vaisselle et préparer le café.

— Tu es sûre de ne rien me cacher, ma grande ? demanda Nina.

— Mais non, voyons ! Que pourrai-je te cacher ?

— Tu es tellement radieuse, gaie comme si tu étais amoureuse, et surtout pas une fois tu n'as évoqué ton charmant directeur !

— Ah ! Celui-là ! Ne m'en parle pas ou tu vas gâcher ma journée. Amoureuse ? Non ! Je crois bien que je ne l'ai plus été depuis le lycée.

— Le bel Enzo, le capitaine de l'équipe de hand, celui qui faisait craquer toutes les minettes que nous étions.

— Qu'est-ce qu'il était beau ! J'ai souffert le martyre, dit Isabel en riant.

– Je me souviens de tous les efforts que tu faisais pour attirer son attention. Je me souviens aussi de la fois où il t'a regardée et souri ! J'ai cru que tu allais t'évanouir.

Elles rirent toutes les deux à ce souvenir de lycéennes.

– Est-ce que tu te rappelles de Jean Paul Berton? demanda Nina.

– Attends ! Le grand échalas maigrichon, boutonneux, avec des lunettes épaisses comme des loupes ? Si je le revois ? Il était toujours à me suivre.

– Il était amoureux de toi !

– Mais moi pas !

– Tu aurais dû !

– Pourquoi dis-tu ça?

– Parce que je l'ai rencontré il y a quelques jours. Il est devenu un bel homme. Plus d'acné, plus de lunettes et un corps d'athlète du style Shemar Moore du feuilleton « Esprits criminels »!

– Waouh ! Il doit être impressionnant, dit Isabel moqueuse.

– Et en plus de s'être transformé en un garçon plus que séduisant, il est propriétaire de la plus grande et de la plus réputée des brasseries de notre ville.

– Encore un atout dans sa manche ! Mais non vraiment ça ne m'intéresse pas. Il m'a sans doute oubliée et puis je suis très bien en célibataire qui ne cherche rien et n'attend rien. Allons boire le café. Bruno doit s'impatienter.

Elles le rejoignirent au jardin comme il terminait le rangement du barbecue. L'après midi se passa dans la bonne humeur malgré les moments d'absence d'Isabel. Elle écoutait la conversation, y participait mais son esprit voguait sur les vagues d'un souvenir merveilleux. Soudain une phrase de son beau frère la fit sursauter:

– Donc, si je comprends bien, si un jour je voulais faire un hold-up, c'est à la directrice adjointe qu'il faudrait que je m'adresse, donc à toi !

Que venait faire cette boutade dans la discussion ? Elle n'en savait rien, elle avait dû louper un épisode. Elle sourit cependant à sa remarque qui soudain avait fait clignoter une petite lumière dans l'arrière-salle de son cerveau.

– Mes chéris, il faut que je reparte avant que tous les parisiens ne se retrouvent sur l'autoroute, dit-elle en se levant.

– Déjà, lui fit remarquer Nina ? D'habitude tu repars après le dîner.

– Je sais mais j'ai une grosse journée demain. Nous devons approvisionner pour la dernière fois, le distributeur...

– C'est encore vous qui le faites, demanda Bruno.

– Ce travail sera bientôt confié à une société extérieure ! Oui ! Un souci en moins. Nous devons aussi faire le point sur les fonds que nous avons dans la chambre forte. Le casse-pied de service ne va rien laisser passer. J'ai intérêt à être au top. Donc, une bonne nuit de sommeil ne sera pas de reste avant d'affronter l'ennemi.

– Eh bien, à la semaine prochaine ? demanda Bruno

– Je ne sais pas, répondit Isabel. Je n'ai pas encore le programme des réjouissances. Je vous appelle.

Comme elle arrivait à la porte d'entrée, Lisa et Théo dégringolèrent l'escalier et se jetèrent dans ses bras.

– A bientôt, tante Isa. Et encore merci pour les T-shirt. On va en faire craquer quelques-uns de jalousie. Bisous.

Un dernier signe de la main et la Giuletta démarra.

– Je l'ai trouvée différente aujourd'hui, confia Nina à Bruno.

– Tu as raison ! Il y avait comme des étoiles dans ses yeux ! Elle était souvent absente de la conversation ! lui répondit son mari.

– J'ai le sentiment qu'elle est amoureuse. Je ne l'ai jamais vue aussi souriante et légère.

* * * *

5

Lundi 11 – Agence de la BNP

Isabelle était arrivée avant l'heure pour être certaine de n'avoir aucune remarque quant à son horaire. Comme chaque lundi, le directeur et elle devaient réapprovisionner le distributeur. Depuis l'arrivée de Grincheux, elle et lui assuraient ce travail confié auparavant à un employé de guichet.

– La confiance règne, avait-elle pensé. Triste pour Simon qui se chargeait de ce travail depuis des années en toute sécurité . Cette attitude la rendait furieuse mais elle continuait d'assumer sa tâche auprès de cet homme sans rien dire et ce malgré les envies de vengeance qui lui traversaient souvent l'esprit.

– *Heureusement que la société Brinks va bientôt se charger de cette corvée. Un risque de conflit en moins, pensait-elle.*

Ce matin pourtant, son esprit était ailleurs. Il vagabondait sur des souvenirs agréables qui la mettaient en émoi. Elle se remémorait la soirée chez son amie Charlène, sa rencontre avec Arnaud, le rendez-vous de samedi. Elle avait accepté de le revoir à La Rotonde Montparnasse à 19h. Elle était arrivée avec quelques minutes de retard pour tester son désir de la retrouver. Au fond de la salle, il téléphonait. Dieu qu'il était beau. Les palpitations de son cœur reprirent.

Il avait revêtu un gros pull beige sur un pantalon en flanelle couleur chocolat, harmonie parfaite. Son visage s'était éclairé d'un grand sourire quand il l'avait aperçue. Ils avaient longuement discuté de tout et de rien et n'avaient pas vu le temps passer. Il l'avait invitée à dîner au restaurant de La Rotonde où il avait ses habitudes. Il l'avait ensuite raccompagnée jusqu'à sa porte, serré sa main de façon explicite et comme il allait oser un baiser, elle avait fait un pas en arrière, ouvrant la porte de l'immeuble.

— Quand nous reverrons-nous, avait-il demandé

— Bientôt ! Appelez-moi. Bonne nuit Arnaud et merci pour cette agréable soirée.

Il était resté un moment sur le trottoir, surpris sans doute qu'elle ne lui tombe pas dans les bras dès le premier soir.

— Berthier ! Vous m'écoutez ? La voix de roquet du directeur la tira de sa rêverie.

— Mais oui, Monsieur le Directeur ! Pourquoi me parlez-vous sur ce ton ? demanda-t-elle.

Ils étaient tous les deux dans le local du distributeur et remplissaient les différents compartiments à billets.

— Parce que vous me semblez à dix mille lieues d'ici. Décidément il devient urgent que vous arrêtiez de travailler dans cette agence. Vos neurones, si tant est que vous en ayez, sont totalement hors service.

Encore une humiliation. Le bruit de l'altercation arrivait jusqu'aux oreilles des collègues. Bien qu'ils ne puissent comprendre les paroles, la violence du ton leur laissait penser qu'une fois de plus ils s'affrontaient. Ils baissaient les yeux, fixant leurs écrans comme ultime refuge.

— Je ne vous permets pas de mettre en doute mes facultés intellectuelles. Il n'est pas question pour moi de quitter cette banque.

Elle aussi avait haussé le ton. Furieux, il lui demanda de le suivre dans son bureau.

— Asseyez-vous, lui intima-t-il.

— Je préfère rester debout, répondit-elle. Ainsi elle le dominait et elle savait qu'il détestait ça.

— Comme vous voudrez. Nos relations étant conflictuelles depuis le début...

— À qui la faute ? murmura Isabel.

— Je vais vous offrir l'opportunité de nous sortir de là. Je viens d'être informé que la direction générale recherche un directeur pour l'agence de Longjumeau. Les candidatures sont à envoyer avant le 30 décembre. Vous devriez postuler et gravir ainsi un nouvel échelon.

— Avec mon expérience et mon ancienneté, je pense pouvoir obtenir autre chose. De plus, cela m'obligerait à déménager, à quitter un endroit que j'aime. Il n'est pas question que je parte d'ici pour un titre et une augmentation d'une centaine d'euros.

— Réfléchissez !

— C'est tout réfléchi ! dit Isabel. Je sais que ma présence vous insupporte, que votre rêve est de me voir partir. Sachez que toutes vos manigances, vos humiliations, ne me feront pas quitter cette banque et mon emploi. Postulez vous-même. Inutile d'insister. Je vous salue.

Elle sortit sans attendre une réponse, le laissant ruminer sa colère. La porte claqua derrière elle. Elle rejoignit son bureau où elle s'enferma. Assise à sa table de travail, elle laissa retomber sa colère

-- Toi mon vieux, tu vas tôt ou tard me payer ce que tu me fais subir. Je ne sais pas encore comment mais tu vas voir de quoi je suis capable. Tu ne perds rien pour attendre.

Elle saisit les dossiers qu'elle devait étudier, des dossiers de prêts pour des clients qu'elle connaissait bien. Il lui fallait être très prudente et ne rien laisser qui pourrait donner l'occasion à Darcourt de les refuser. Le moindre détail, la moindre virgule mal placée et il se ferait un plaisir d'émettre un avis négatif. Elle commençait l'étude de son dernier dossier quand son portable se mit à vibrer. Elle décrocha rapidement.

-- Bonjour, Madame la banquière ! J'aurais besoin d'un peu d'argent. C'est bien à vous que je dois m'adresser ? débita une voix qu'elle reconnut aussitôt.

- Vous êtes au bon endroit ! De combien avez-vous besoin ? Demanda-t-elle, jouant le jeu.

- Juste de quoi offrir une coupe de champagne à la plus belle femme que j'ai jamais rencontrée et qui me manque terriblement. Avez-vous quelques instants à m'accorder ?

- Après un tel aveu, comment refuser, dit-elle. Je vous écoute.

- J'avais une folle envie d'entendre votre voix et de m'assurer que vous étiez bien réelle.

S'il avait pu la voir, il aurait aperçu les milliers d'étoiles qu'il venait d'allumer dans ses yeux.

- Je suis bien réelle et c'est un plaisir de vous entendre.

Ils bavardèrent de longues minutes puis soudain elle lui dit :

– Désolée, je dois vous quitter, mon patron me cherche. A bientôt

– Dommage, dit-il sur le ton des regrets. On était si bien. A bientôt.

Elle eut juste le temps de faire disparaître son téléphone que Darcourt entrait dans la pièce sans avoir frappé.

– Surtout ne vous gênez pas, lui dit-elle acerbe.

Il ne releva pas sa remarque.

– Je viens chercher les dossiers que j'attends depuis deux heures.

– Je termine le dernier et je vous les apporte.

– Encore du retard. Décidément, vous êtes irrécupérable, dit-il et il sortit furieux.

– Horrible bonhomme ! Tu ignores le sort que je te réserve ! pensa-t-elle.

Elle ne savait pas encore ce qu'elle lui ferait mais elle y réfléchissait sérieusement.

* * * *

6

Vendredi 22 – Agence de la BNP

L'atmosphère tendue à la banque n'avait en pas empêché Isabel de penser à cet homme qui avait mis le feu à son cœur et embrasé son corps. Elle ne vivait plus que pour un nouveau rendez-vous.

– Quand va-t-il me téléphoner pour me fixer un autre rendez-vous ? Pense-t-il encore à moi ? Il y a tellement de femmes qui tournent autour de lui pourquoi se souviendrait-il de la vieille fille que je suis ? se disait-elle

Elle brûlait de le retrouver, de subir les effets terrifiants de son regard de velours, de son sourire ensorceleur, de sa voix grave mais qui faisait chanter les mots comme les notes d'une musique envoûtante.

Seule dans son bureau, il lui arrivait de s'évader et de rêver à ce futur qu'elle appelait de toute son âme. Avoir un homme dans sa vie, un homme pour partager sa vie, l'homme de sa vie. Celui que l'on a hâte de retrouver à la fin d'une journée de labeur, celui contre qui on se love la nuit, dans la tiédeur des draps, un corps pour épouser le sien. Celui que la main recherche au petit matin, celui que l'on a peur de perdre et pour qui le cœur s'affole de ne plus le sentir près de soi, dans la tendre complicité d'un lit défait par l'amour.

Jusqu'à ce vendredi chez son amie Charlène, des hommes avaient traversé sa vie sans s'y arrêter. Ils étaient de passage, complices de quelques instants de plaisir partagé. Ombres éphémères, envolés sans mots dire, effacés de sa mémoire dans le petit matin frileux d'un mois d'hiver ou la torpeur humide d'un été de canicule. Pas de nom, pas d'adresse, l'inconnu que l'on oublie, que l'on raye de sa mémoire. Ce n'était que petit poisson pêché au fil de l'eau trouble d'une nuit d'ivresse, dans la moiteur d'une soirée déjantée. Pour un échange qui ne s'éternise pas. Terminus, on descend.

Et puis cet homme était apparu dans son monde, avait bouleversé ses convictions, ses revendications de femme libre et sans attache. Il avait bien fallu qu'elle se rende à l'évidence : depuis le premier regard échangé, elle aimait cet homme du plus profond de son être. Juste à entendre sa voix, son cœur s'emballait, des frissons parcouraient son corps et elle n'aspirait qu'à une seule chose qu'il la prenne dans ses bras et la serre contre lui.

La semaine s'était passé au ralenti. Perdue entre son rêve et la réalité de son travail, elle s'était faite petite pour se faire oublier et éviter les remarques désobligeantes de ce pervers de directeur.

Et puis son téléphone avait vibré, le nom d'Arnaud s'était affiché

– Bonjour, jolie banquière, murmura sa voix chantante. Comment allez-vous ?

– Bien, très bien ! Et vous ? interrogea Isabel dont le cœur faisait des bonds.

– Mieux depuis que j'entends votre voix. Vous m'avez manqué. Avez-vous quelques instants à m'accorder ?

– Comment refuser, dit-elle. Je vous écoute.

– Je vous avais parlé de la soirée que j'organiserais pour fêter la vente de mon millième livre . Vous en souvenez-vous ?

– Bien sûr, je n'ai pas oublié. Pourquoi ?

– Je l'ai programmée pour samedi soir ! Seriez-vous libre ? Me feriez-vous l'honneur de vous joindre à mes invités ?

– Avec grand plaisir. Envoyez-moi l'adresse et l'heure. Je dois raccrocher ! A samedi !

– Encore votre tyran de patron. Je vous quitte. A samedi !

* * * *

7

Samedi 23 - Isabel

Il fallait que cette soirée soit inoubliable, elle rêvait de le conquérir, de l'attirer dans ses filets tout comme il l'avait fait pour elle. Il ne savait pas encore à quel point elle l'aimait.

Elle ne laissa rien au hasard. Samedi matin fut consacré à un passage dans son institut de beauté pour une séance de bien-être. Il lui fallait effacer toutes les contrariétés de la semaine et retrouver la fraîcheur de son teint, l'éclat de ses yeux et de son sourire. Un massage de son corps aux huiles essentielles pour soulager toutes les tensions et donner à sa peau la douceur du velours. Ces deux heures de détente la faisaient rayonner.

– Quelque chose a changé en vous, lui fit remarquer Manon, l'esthéticienne. Vous êtes resplendissante comme si une lumière brillait en vous.

– Je suis heureuse. Je vis des moments magiques comme je n'en ai jamais connus, répondit Isabel.

– Vous êtes amoureuse !

– Oh ! Oui et pour la première fois de ma vie.

– Vous allez l'éblouir.

– Je l'espère bien, dit Isabel.

– Voulez-vous que je vous maquille maintenant ou préférez-vous revenir ce soir? demanda Manon

– Je reviendrai en fin d'après midi, si vous pouvez me consacrer quelques minutes.

– Venez vers dix-huit heures, si cela vous convient.

– Parfait, dit Isabel. Juste avant mon rendez-vous. Il ne me restera plus qu'à m'habiller. A ce soir.

Elle rejoignit son appartement, se prépara un repas léger accompagné d'un verre de Beaujolais et s'installa confortablement sur le divan. Une musique douce en fond sonore, elle ferma les yeux.

Elle mettait à profit ces quelques heures avant sa rencontre avec Arnaud pour réfléchir calmement.

Voyons, se disait-elle ! Suis-je prête à abandonner ma vie de célibataire libre, indépendante, sans attache autre que ma famille, pour un homme que je ne connais pas ou si peu. Suis-je à ce point amoureuse pour vivre une vie différente, une vie à deux, une vie où je devrais rendre des comptes, parfois me justifier ?

* * * *

Isabel se regarda une dernière fois. L'image que lui renvoyait son miroir était des plus flatteuses. Moulée dans un fourreau de soie rouge écarlate qui mettait en valeur son corps superbe et sa peau dorée, elle resplendissait. Elle avait lâché ses cheveux qui cascadaient sur ses épaules, mis à ses oreilles des créoles et à son cou une fine chaîne où pendant une perle noire de Tahiti. A son poignet, un bracelet garni de quelques breloques qui tintaient à chacun de ses mouvements.

Pour compléter cette vision idyllique, Manon, l'esthéticienne l'avait maquillée à la perfection.

La jeune femme se dit que ce soir elle serait dans ses bras. Elle en rêvait depuis leur première rencontre. A cette idée, elle avait des picotements dans tout le corps. Jamais elle n'avait ressenti pareilles sensations, jamais elle n'avait autant désiré qu'un homme lui fasse l'amour.

* * * *

8

Samedi 23 – 18h - Chez Arnaud -

Une salle de bain de rêve avec douche à l'italienne, jacuzzi, lavabo doubles vasques et face à lui une psyché qui lui renvoyait son image. Quelque peu narcissique, l'homme, nu devant son miroir, admirait ce corps parfait qui était le sien, un corps d'athlète qu'il entretenait avec soin. Des séances de musculation lui avaient donné de larges épaules, des bras et un torse aux muscles puissants. Des hanches étroites et de longues jambes parachevaient ce reflet idéal. Côté parties intimes, la nature avait été très généreuse. Satisfait de son image, il se glissa dans son bain bouillonnant, ferma les yeux et repensa au chemin parcouru depuis son arrivée à Paris.

Arnaud de Brainville, alias Robert Bardou, était né à Arcizans-Dessus, petit village des Hautes Pyrénées, perdu dans la montagne. Fils d'une mère, femme de ménage et d'un père ouvrier dans une petite scierie, il avait atteint péniblement le niveau de troisième. Un CAP de menuisier en poche, il avait été embauché dans la société qui employait son père. Après quelques mois de ce travail sans beaucoup d'intérêt, il avait tout plaqué et riche de ses économies était monté à la capitale.

– Je ne veux pas vivre comme un miséreux sans aucune perspective d'avenir. avait-il dit à ses parents. Je veux gagner de l'argent et mener une existence agréable, sans souci du lendemain. Pouvoir m'acheter tout ce qui me fera envie, sortir, voyager, m'amuser.

Dans un sac à dos, il empila les vêtements les plus corrects qu'il possédait et prit le train pour Paris.

Il galéra pendant plusieurs semaines, logeant dans un hôtel minable. Il y rencontra quelques filles légères qui lui apprirent, gratuitement, tout sur la façon de faire l'amour à une femme.

L'une d'elles lui avait confié entre deux ébats:

— Quand on possède un si bel instrument, faut apprendre à s'en servir !

Cela les avait fait bien rire. Elles lui avaient également enseigné l'art de la danse et il était passé maître dans cet exercice aussi.

— Merci les filles. Pas de temps perdu, pensait-il. Moi qui n'y connaissais rien, me voilà bien éduqué.

Au hasard de ses promenades, il tomba un jour sur une pancarte à la porte d'un club branché. Elle demandait un barman, il se présenta. En le voyant, le patron l'embaucha sans aucune hésitation.

— Avec cette belle petite gueule, il va attirer toutes les couguars du coin ! se dit-il. Il entendait déjà la douce musique du tiroir caisse.

— Je n'y connais rien, lui dit Robert

— D'abord tu seras, Bob. Ensuite je vais tout t'apprendre, ne crains rien.

Il le forma rapidement, lui apprenant les noms des différentes boissons, les dosages et la confection des quatre cocktails servis dans l'établissement.

Il maîtrisa très vite la manipulation du shaker. Le patron ne s'était pas trompé. Un visage d'ange couvert d'une barbe de trois jours savamment entretenue, des yeux de velours, un sourire éclatant et des cheveux noirs aux reflets bleutés, tout en lui attirait les regards. Sa haute taille et ses muscles roulant sous sa chemise blanche, affolaient les femmes. Riches mais seules, elles étaient en quête de compliments, d'attention, de mots gentils. Très intelligent, il avait très vite compris comment utiliser son potentiel et appris à adapter son langage à la personne à qui il s'adressait. Il la caressait avec ses mots, la couvant du regard, lui donnant ce qu'elle recherchait. Il mesurait son pouvoir de séduction à la valeur du billet qu'elle lui glissait discrètement. Entre son salaire et ses pourboires, il vivait confortablement. Il louait un petit appartement dans un immeuble nouvellement réhabilité, avait gravi une première marche et s'interrogeait sur comment poursuivre son ascension. Il en était là de ses réflexions quand un soir il reçut en même temps qu'un billet de cinquante euros, un petit mot disant - « Pouvons-nous nous voir après votre service ?». Suivaient une adresse et une signature - Adeline, une admiratrice. Il chercha du regard qui pouvait être cette Adeline. Au fond de la salle, une femme d'une cinquantaine d'années, couverte de bijoux comme un sapin de Noël orné de guirlandes, lui fit un petit geste de la main. Sans prendre le temps de réfléchir, il acquiesça d'un signe de tête.

Il venait de franchir le pas qui l'avait conduit à sa vie actuelle. De couguar en couguar, il vivait des largesses de ces femmes en mal de sensations fortes, d'étreintes passionnées dont elles étaient privées depuis longtemps. Elles le comblaient de cadeaux, lui donnaient tout l'argent qu'il demandait de subtile façon, s'inventant mille et une raisons, toutes plus vraies les unes que les autres.

De barman dans une boite à la mode, il en était devenu le client assidu. Son terrain de chasse lorsqu'il avait besoin de changer de partenaire.

C'est ainsi que ces derniers mois, il était devenu écrivain. Il avait écrit un livre dans lequel il racontait son parcours de vie, passant sous silence ses agissements de gigolo. Il l'avait confié à un petit éditeur indépendant et ne manquait jamais d'en parler. Les seuls exemplaires vendus étaient ceux qu'il avait lui-même achetés. Mais qu'importe, il pouvait toujours en dédicacer un. Cela lui permettait de fréquenter la Jet set parisienne, d'être dans tous les endroits branchés et invité dans toutes les soirées où il faut être vu.

De Robert Bardou, il était devenu Arnaud de Brainville, un nom d'auteur qui sonnait mieux, selon son éditeur. Dans les remous de son jacuzzi, il songeait à Isabel, sa dernière proie. Il avait cette fois attiré à lui une femme encore jeune, belle, avec un corps magnifique. Une banquière qui, pensait-il, devait percevoir un bon salaire et avoir quelques économies bien placées.

Le chasseur s'était réveillé et il s'apprêtait à jouer de tout son pouvoir de séduction pour la mettre dans son lit. Ce soir serait le grand soir.

Il émit un soupir de satisfaction et s'enfonça dans son bain.

* * * *

9

Samedi 23 – 19h – Appartement d'Arnaud

Rue des Saints Pères, elle passa sous la porte cochère et se gara dans la grande cour pavée. Sortie de sa Giuletta, elle admira le bâtiment qu'elle découvrait. Cet ancien hôtel particulier avait été reconverti en appartements de haut standing.
– Cet endroit est sublime ! remarqua-t-elle. Il vit dans un lieu de rêve. Son livre doit bien se vendre.
Elle chercha son nom sur la plaque des sonnettes. Il lui en avait donné deux mais un seul correspondait. Pas d'Arnaud de Brainville mais un Robert Bardou et un Hugo Courtois. Pourtant, sur Internet, elle avait trouvé son nom et la présentation de l'unique livre qu'il avait écrit.

- C'est bizarre, pensa-t-elle. Malgré tout elle sonna et la voix d'Arnaud résonna dans l'interphone.

- Vous enfin ! Prenez l'ascenseur, jusqu'au second, je vous attends.

Il lui ouvrit la porte du hall d'entrée et une fois de plus, elle fut éblouie par la beauté des lieux. Un escalier en marbre, des rambardes en fer forgé, une cabine d'ascenseur vitrée circulant dans une cage en fer forgée elle aussi. Tous ces éléments vieillots donnaient à cet espace un cachet fabuleux que les architectes avaient su lui conserver.
L'ascenseur s'arrêta au second étage, Arnaud l'attendait sur le palier. Il lui tendit la main pour qu'elle sorte de la cabine.

-- Vous êtes éblouissante ! Il la fit tourner sur elle-même. Merveilleuse.
-- Flatteur ! répondit Isabel rougissante. Vous n'êtes pas mal aussi.

Il portait un pantalon en flanelle gris souris, une chemise ivoire et un gilet assorti au pantalon.

– Venez, entrons, lui dit-il sans lâcher sa main.

– C'est bien calme, remarqua la jeune femme. Vos invités ne sont pas encore arrivés ? Je suis en avance ?

– Vous êtes ma seule invitée, répondit Arnaud

– Moi seule ? Je croyais que vous fêtiez votre millième livre avec tous vos amis ?

– Non, finalement j'ai préféré vous avoir pour moi tout seul. Je ne voulais pas vous partager avec d'autres hommes que vous auriez séduits. Votre beauté les aurait affolés. Et je ne parle pas des regards assassins de toutes les dames présentes.

Ils rirent à cette remarque. Isabel tremblait intérieurement. Elle aussi l'aurait pour elle toute seule, sans les autres minettes qui l'entouraient trop souvent.

– Votre appartement est une pure merveille, fit-elle remarquer. La décoration est sublime.

– Il n'est pas à moi. Je l'occupe pendant que son propriétaire est absent. J'en assure la surveillance. Mais venez, je vous raconterai tout ça plus tard.

Il avait toujours sa main dans la sienne et la conduisit dans l'immense pièce à vivre. Elle regardait autour d'elle. Près de la baie vitrée donnant sur le toit terrasse, deux divans en cuir blanc se faisaient face, une cuisine ouverte, une salle à manger, tout un agencement fonctionnel et parfaitement réparti dans l'espace.

- C'est magnifique, s'exclama-t-elle. Quelle chance de vivre dans un tel décor.

- Vous avez raison ! Ce lieu et unique et je m'y sens bien.

Il l'entraîna jusqu'au canapé. Sur une table basse, il avait disposé deux coupes, un seau dans lequel rafraîchissait une bouteille de champagne et sur un plateau un assortiment de verrines et d'amuse-bouche. Sa chaîne diffusait en fond sonore une musique douce.

- Vous vous êtes surpassé, fit-elle remarquer. Tout cela pour moi ? Je me serais satisfaite de cacahuètes et de chips, vous savez ?

- Rien n'est trop beau pour vous et ce n'est que le début, lui confia-t-il, mystérieux.

- Vous éveillez ma curiosité, lui confia-t-elle. Qu'avez-vous inventé ?

- Vous le verrez le moment venu . Le temps m'a paru si long sans vous voir. En attendant, trinquons à nos retrouvailles.

Il ouvrit le champagne, lui en servit une coupe. Il la couvait d'un regard qui la caressait. Elle rougissait de plaisir. Il lui tendit le plateau d'amuse-bouche. Un silence s'en suivit.
- Vous êtes bien silencieuse, remarqua-t-il
- Je suis impressionnée par tout ce que je vois.
- Il ne faut pas, ce n'est qu'un décor.

Elle calma son cœur et les frissons qui parcouraient son corps de le sentir si près d'elle, de sentir son souffle sur ses joues.
- Parlez-moi de cet appartement, si je ne suis pas trop curieuse.
- Il appartient à mon ami Hugo Courtois qui travaille au Burkina-Fasso pour un ONG. Il habite dans la capitale avec sa femme et ses enfants.
- Ils ne reviennent jamais en France ? Demanda Isabel.
- Oui, ils rentrent pour les deux mois d'été, juillet et Août. Il m'a donc demandé d'occuper son logement pour éviter les cambriolages. Il a beaucoup d'objets de valeur ici.
- En effet ! Mais vous que faites-vous pendant ces deux mois ?

– Je me réfugie dans ma petite maison, au bord de l'océan.
– Vous avez une maison en Bretagne ?
– Non, en Gironde, au village de pêcheurs de Biganos. A la mort de mes parents, j'ai hérité de leur maison et de quelques arpents de terrain. J'ai tout vendu et avec cet argent j'ai pu m'offrir une petite maison où je passe deux mois au calme loin de la grande ville. Je vous y emmènerai un jour. Maintenant venez découvrir ma seconde surprise.

Il posa leurs coupes sur la table, lui prit la main, lui demandant de fermer les yeux.
Il ouvrit la porte-fenêtre de la terrasse, elle le suivit, confiante.
– Vous pouvez les ouvrir, dit-il

Une table ronde, habillée d'une nappe blanche tombant jusqu'au sol, de la vaisselle étincelante, une rose rouge et deux photophores dans lesquels vacillait la flamme des bougies. D'autres chandelles avaient été disposées tout autour et donnaient une ambiance romantique, pleine de douceur. Elle était sans voix, immobile, le cœur battant. Il tira sa chaise pour qu'elle s'assoie. Elle continuait à être éblouie.

– Vraiment vous me gâtez, dit Isabel intimidée par tant d'attentions.

– Je vous l'ai dit, rien n'est trop beau pour vous.

Il servit des plats raffinés venant du plus grand traiteur de Paris. Ils terminaient leur repas lorsque, synchronisation parfaite, la voix tendre de Joe Dassin s'éleva : « Et si tu n'existais pas...

– Dansons, voulez-vous ! invita-t-il en lui tendant la main. Il la prit dans ses bras sans la serrer.

Il dansait merveilleusement bien. Lentement, progressivement pour ne pas la brusquer, il resserra son étreinte. Les yeux mi-clos, elle se laissa aller tout contre lui . Elle sentait la chaleur de sa main au creux de sa taille, celle de son corps collé au sien. Il appuya sa joue contre la sienne, replia leurs mains jointes contre son torse. Il fredonnait les paroles de la chanson et puis tout à coup, murmura :

– Je t'aime depuis notre première rencontre. J'ai envie de toi.

Elle sursauta à cet aveu et, se détachant de lui, le fixa. Il était ému et son regard reflétait ses sentiments.

- Je t'aime moi aussi depuis le premier jour et j'ai envie de toi.

Sans rien dire d'autre, il l'embrassa tendrement et, la soulevant de terre, se dirigea vers la chambre. Elle avait noué ses bras autour de son cou et niché sa tête au creux de son épaule. Il avait soigné le décor, ne laissant rien au hasard : des bougies dansaient dans de photophores, un distributeur de oarfum embaumait la pièce d'une fragance suave. Il avait savamment préparé son terrain de jeu, mais elle ne fit aucune remarque. Elle était déjà ailleurs. Son rêve devenait réalité. Il la posa au sol, la gardant contre lui. Il déposa sur ses lèvres un baiser douceur tandis que dans son dos ses mains faisaient glisser la fermeture-éclair de sa robe. Elle tomba à ses pieds comme des pétales de soie. Isabel ne bougeait pas, le laissant faire. Elle sentait son souffle sur sa peau qu'il couvrait de baisers légers. Elle respirait son parfum qui l'envahissait, réveillant tous ses sens si longtemps endormis. Les mains d'Arnaud exploraient son corps, découvrant ses seins fermes et généreux, ses hanches rondes et ses longues jambes. Elle gémissait à chaque caresse. S'emparant de ses lèvres dans un baiser passionné, il la prit dans ses bras et la déposa sur le lit. Elle avait fermé les yeux, toute tournée vers ce feu qu'il avait allumé en elle, cette chaleur inconnue qui brûlait dans ses veines. Doucement il se glissa en elle. Elle gémit et planta son regard dans le sien, une foule d'émotions l'envahissait. Ils ne formaient plus qu'un, instant d'intimité faisant bouillonner son sang, allumant en elle un plaisir de plus en plus violent. Lui savait contrôler le moment et faire durer l'attente jusqu'à l'explosion finale. Un baiser de tendre remerciement, le temps s'était arrêté. Ils étaient seuls au monde, apaisés et émerveillés de ce moment sublime où leurs corps et leurs cœurs n'avaient fait qu'un. Elle posa sa tête sur son torse doré par la lueur des bougies et y déposa un doux baiser.

– Je ne pourrai jamais me lasser de la beauté de cet homme et de sa douceur, pensait-elle.

* * * *

JUILLET 2018
* *

10

Vendredi 6 Juillet 2018

Depuis leur premier rendez-vous à la Rotonde Montparnasse, les amoureux avaient pris l'habitude d'y dîner certains soirs avant d'aller au théâtre, au cinéma ou en discothèque. Le serveur leur réservait toujours la même table dans un coin discret, un peu en retrait du reste de la salle. Ce vendredi-là, ils fêtaient le premier mois de leur histoire d'amour et avaient choisi d'aller visiter une exposition de peintures au Musée d'Orsay puis de vivre un week-end de rêve. Ils avaient demandé une table pour treize heures. Isabel avait pris un jour de RTT pour bénéficier d'un plus long week-end. Leurs desserts terminés, Arnaud commanda deux cafés et demanda l'addition. Jules, le serveur, lui présenta la note dans un petit carnet dans lequel il glissa sa carte Gold. Quelques minutes plus tard, Jules revenait l'air gêné.

– Le directeur souhaite vous parler, dit-il sur le ton de la confidence.

– Je vous suis. Arnaud se leva. Pardon, ma douce de t'abandonner. Je ne serai pas long.

Dix minutes s'étaient écoulées quand il revint à la table, l'air contrarié.

– Que se passe-t-il ? demanda Isabel, inquiète. Un problème ?

– La banque vient de refuser le paiement. Je ne sais pas pourquoi mais ilsont bloqué ma carte. Je vais devoir appeler mon conseiller pour en connaître la raison.Tu m'excuses

– Bien sûr, mon cœur !

Il s'éloigna vers la terrasse. Elle le vit composer un numéro, discuter avec vigueur. Il rejoignit enfin la table, l'air exaspéré.

— Alors, dit-elle ? Tu as obtenu une réponse, explication ?

— Oui et c'est terrible. Mon compte a été piraté et des achats ont été faits de trois et deux mille euros dans un magasin discount de Bordeaux. Ma carte Gold n'a pas de montant limité. Lorsque mon conseiller s'en est aperçu, ces transactions lui ont paru bizarre. Il a aussitôt fait oppositon.

— Il aurait pu t'avertir !

— Il allait le faire quand je l'ai appelé. Il a agi dans l'urgence. Je suis gêné de cet incident, vis à vis du directeur de la Rotonde.

— Ne t'inquiète pas, je vais régler ! dit-elle en sortant sa carte Gold, elle aussi. Appelle le serveur, veux-tu ?

— Merci ma douce. Je te rembourserai lorsque

tout sera rentré dans l'ordre. Avec le week-end, je vais devoir attendre quelques jours pour obtenir ma nouvelle carte. C'est frustrant. Il va falloir que nous changions notre programme

— Pourquoi ? Je suis là. Ne sois pas contrarié et

au contraire, profitons de notre fin de semaine sans autre souci que celui de le passer ensemble. Peu importe celui de nous deux qui paiera.

— Merci ma douce, dit-il en l'embrassant

amoureusement.

Elle souriait heureuse, lui jubilait intérieurement : la machine infernale était en marche.

— Dépêchons-nous !

Ils s'éloignèrent tendrement enlacés, joli couple respirant le bonheur.

* * * *

En fin d'après midi, ils s'envolèrent pour Venise. Un vaporetto les conduisit jusqu'à l'hôtel Danieli où Arnaud avait réservé une suite.

— Tu es fou, avait dit Isabel.

— Rien n'est trop beau pour toi, mon amour ! avait-il répondu.

Ils passèrent deux jours merveilleux à flâner dans les rues de la ville, firent le grand tour par le Grand Canal, passant sous le pont du Rialto. Ils louèrent une gondole. Blottie dans ses bras sur la banquette garnie de velours rouge, elle découvrit la Venise des petits canaux, passant sous le Pont des soupirs, admirant les hôtels particuliers aux façades richement ouvragées. Sur la place St Marc, ils s'installèrent au Café Florian, le lieu où il faut être vu. Dégustant un cappuccino sublime, ils s'amusèrent du ballet incessant des pigeons mendiant quelque pitance aux passants, admirèrent le Campanile et le Palais des Doges.

– Merci chéri, lui murmura-t-elle dans l'avion qui les ramenait vers Paris. Je viens de vivre les deux plus beaux jours de ma vie.

– Il y en aura d'autres, crois moi ! lui répondit-il tendrement.

Lundi matin, elle trouva un moment plus calme dans son travail et fit le compte de ce que lui avait coûté cette escapade en amoureux. Elle s'effraya du montant. Trois mille euros ! Il faut dire qu'elle avait tout réglé puisque la carte d'Arnaud était bloquée.

– *Mais bon, se dit-elle. Quelle importance ! C'était tellement merveilleux que cela en valait la peine. Il faudra que je fasse un virement de mon compte épargne.*

* * * *

Sans avoir rien planifié, ils vivaient leur relation passionnée comme les moments ou les circonstances les provoquaient. Tantôt chez Isabel, tantôt chez Arnaud. Mais c'était le plus souvent chez la jeune femme, juste pour la facilité. Plus simple pour elle de se rendre au travail depuis son appartement.

Ces soirs-là, ils dînaient de mets recherchés qu'elle commandait chez son traiteur préféré. La soirée s'achevait dans un tourbillon d'amour, dans des étreintes brûlantes et ils s'endormaient comblés. Au petit matin, Arnaud s'éclipsait discrètement, lui laissant toujours un petit mot collé sur le réfrigérateur.

Elle se remémorait cette soirée magique où il l'avait entraînée dans une boite de jazz. Elle n'avait jamais fréquenté un tel endroit. La salle était bondée alors ils s'installèrent sur les marches de l'escalier. Lui placé dans son dos, elle s'était assise entre ses jambes et il l'avait entourée de ses bras. Sur la scène, un pianiste accompagné de trois musiciens, jouait. Ses doigts couraient sur le clavier avec agilité, la salle retenait son souffle pour mieux exploser sur l'accord final.

– Il joue merveilleusement bien, n'est-ce-pas ? murmura Arnaud à son oreille.
– C'est magique. Elle était fascinée.

L'affiche annonçait « Dominique Fillon ». Ce nom l'avait intriguée.
– De la famille de François..., avait-elle demandé
– Oui, son frère cadet mais ils ne jouent pas les mêmes partitions ! avait-il répondu. Ce qui les fit rire. Elle garderait longtemps le souvenir de cet instant merveilleux et de la découverte de cet artiste.

* * * *

11

Dimanche 15 juillet – Appartement d'Arnaud

Arnaud tira les rideaux et le chaud soleil de juillet inonda la pièce de ses rayons dorés. Isabel dormait encore.

– Faut-il un baiser pour réveiller ma belle endormie ? murmura-t-il à son oreille.

La jeune femme s'étira faisant saillir un sein sous le voile soyeux de sa chemise de nuit.

– Oh ! Oui, mon prince. Un doux baiser.

Il se pencha et posa ses lèvres sur les siennes. Elle le fit basculer sur le lit, ce baiser avait allumé en eux un feu qui les emporta dans un flot de plaisir.

Isabel ne se lassait pas de ces instants, de cette plénitude qu'elle ressentait. Chaque étreinte lui faisait découvrir un monde inconnu d'émotions toujours plus intenses où la passion devenait tendresse et douceur.

– Et si nous restions au lit toute la journée ?

chuchota Arnaud.

– Non, mon cœur ! J'ai promis à ma soeur que nous irions les voir aujourd'hui. Ils ont dû préparer le repas. Et puis, il est temps qu'ils fassent connaissance de cet homme qui me rend si heureuse. Depuis notre rencontre, je ne les ai vus qu'une seule fois et mes neveux me manquent.

– S'il te plaît ! implora-t-il. Il s'était mis à

genoux devant elle dans la position d'un chien qui fait le beau.

– Arrête de jouer au cocker malheureux, je ne

changerai pas d'avis, dit-elle dans un éclat de rire. Allez debout.

— Bon, tant pis ! J'aurais essayé.

— J'espère que tu as préparé le petit déjeuner. C'était ton tour, dit-elle en se levant. Elle était nue.

— Cachez ce corps merveilleux, gente dame ou je vais me transformer en loup affamé.

Elle enfila rapidement sa chemise de nuit dont la transparence ne cachait pas grand chose de sa nudité, une barrière de soie légère et troublante.

Ils avaient passé la nuit chez Arnaud après avoir assisté au feu d'artifice du quatorze juillet. Ils avaient d'abord dîné dans un petit restaurant italien où ils avaient savouré un plat de pâtes et un tiramisu à tomber. Puis ils avaient rejoint l'esplanade du Palais Chaillot. Assis sur les marches, Isabel s'était blottie contre lui et il l'avait enveloppée de ses bras. Ils s'étaient émerveillés devant le spectacle magique, s'exclamant comme des enfants « Oh ! La belle bleue ! Oh ! La belle verte », le tout entrecoupé de longs baisers passionnés. Ils étaient seuls au monde au milieu de la foule des spectateurs. Le show terminé, ils étaient rentrés et leur nuit fut un autre feu d'artifice.

– Tu as fait des merveilles, s'exclama-t-elle en voyant la table dressée sur la terrasse.

Rien n'y manquait ! Croissants dorés, toasts grillés, jus de fruits frais, beurre, confiture et un café odorant et bien chaud.

– Rien n'est trop beau pour ma princesse, dit-il

en lui tendant la rose qu'il dissimulait dans son dos.

– Tu es un amour. Je t'aime.

– Moi aussi, je t'aime. Tu es si belle et tu fais si

bien l'amour. Il déposa un baiser dans son cou.

Elle rougissait de plaisir en l'entendant lui murmurer tous ces petits mots doux. Elle était comblée. Tous ses autres compagnons de passage faisaient l'amour sans rien dire puis disparaissaient sans un mot. Elle se rendait compte combien elle était ignorante de ce qu'est l'amour, le vrai, celui qui mélange les plaisirs du cœur à ceux du corps.

Ils déjeunèrent en silence, les yeux dans les yeux, leurs doigts enlacés. La jeune femme tremblait devant ce bonheur. Etait-il possible d'être aussi heureuse? Allait-elle se réveiller et ne plus l'avoir à ses côtés ?

— Tu rêves, ma douce ? demanda Arnaud

Elle se secoua.

— Pardon, mon cœur ! Je vais prendre une douche et nous y allons.

* * * *

Ils arrivèrent chez Nina et Bruno vers midi. Arnaud jeta un regard hautain à la petite maison qu'il découvrait .

— *Comme c'est banal et triste, pensait-il. Comment peut-on vivre dans cegenre de banlieue, dans ce type de maison.*

Isabel fit les présentations. Le jeune homme prit la main de Nina et s'inclina pour un baise-main.

— Ma chère, ravi de vous rencontrer, lui dit-il.

Surprise, Nina resta un moment sans voix. Elle le regarda dans les yeux. Quelque chose chez cet homme la mettait mal à l'aise. Elle se ressaisit.

— Je suis heureuse de connaître enfin celui qui

a allumé des étoiles dans les yeux de ma petite sœur.

— Je suis également très content de vous voir,

dit Bruno en lui tendant la main. Soyez le bienvenu chez nous.

— *Que voilà des gens bien ordinaires, pensa*

Arnaud. J'espère que nous ne les verrons pas souvent. - Je vous remercie de votre accueil, répondit-il en serrant mollement la main tendue.

Bruno fut surpris par ce contact, il s'attendait à un peu plus de chaleur et de fermeté. Il n'en laissa rien paraître. Il les invita à passer au jardin.

— J'ai préparé l'apéro sur la pelouse, dit-il. Puis s'adressant à son invité : Que puis-je vous offrir : pastis, whisky, Martini ?

Déçu, Arnaud regardait la table joliment préparée par Nina.

— Je ne sais pas trop, dit-il. D'habitude je prends une coupe de champagne accompagnée de quelques amuse-bouche.

— Des amuse-bouche ? demanda Bruno

— Oui, des verrines au saumon, des toasts au foie gras...

— Vous voulez dire des amuse-gueules. Désolé

mais je ne peux vous proposer que des chips, des cacahuètes et des biscuits salés, le coupa son hôte qui commençait à avoir chaud aux oreilles. Nous sommes des gens simples.

— Ne vous inquiétez pas, je saurai m'en

accommoder. Servez-moi un martini, s'il vous plaît.

— Pardonnez-moi mais je n'ai pas prévu les

olives vertes et les rondelles de citron, dit Bruno en lui tendant son verre.

Arnaud prit la boisson et avec un grand sourire

— Vous êtes taquin, lui dit-il. Ne vous inquiétez

pas. Je sais m'adapter et me satisfaire de ce que l'on m'offre. Isabel m'a dit que vous étiez chauffeur de taxi à votre compte. Vous n'êtes pas trop ennuyé avec les Uber ?

— Certains mois sont difficiles mais nou faisons

avec. Nous sommes peu exigeants et nous nous contentons de ce que nous avons. Et vous ? Quel métier exercé vous?

– Je suis écrivain ! dit Arnaud d'un ton suffisant.

– Vous écrivez des livres, s'exclama Bruno

– *Évidemment, des livres. Toujours cette suffisance, presque méprisante – en voilà encore un qui ne doit lire que le journal et encore uniquement la page des courses hippiques et des sports –* J'essaie du moins. C'est un métier difficile et ce n'est pas évident de se faire une place dans ce milieu.

– Quel est le titre de votre dernier livre ?

– Pour l'instant je n'en ai écrit qu'un seul. „ Une drôle de vie ». Mais je suis assez satisfait. Il s'est déjà vendu à mille exemplaires.

– Bravo ! Un bon début pour un premier ouvrage.

– Je me suis permis de vous en apporter un

pour vous l'offrir. Mon cœur, demanda Arnaud à Isabel, veux-tu bien donner mon bouquin à Bruno ?

— Je vais le chercher, répondit-elle.

— Je viens avec toi, dit Nina. Je vais finir de finir

de préparer la salade. Elle avait suivi a conversation un peu tendue des deux hommes.

Elles entrèrent dans la maison et Isabel demanda à sa sœur

— Alors, comment le trouves-tu ?

— Beau garçon, c'est sûr mais un peu

prétentieux. Excuse-moi mais je ne sens pas cet homme. Il me met ma à l'aise. Méfie-toi sœurette.

— Mais non, lui dit en souriant Isabel. Je n'ai

rien à craindre. Tu changeras d'avis quand tu le connaîtras mieux. Il est gentil, attentionné, amoureux. Je vis des moments de pur bonheur. Sois heureuse pour moi.

Dans le jardin, Bruno avait allumé le barbecue et disposé de belles et brillantes sardines sur la grille. L'odeur du poisson chatouilla les narines d'Arnaud qui plissa le nez

— Que faites-vous cuire, demanda-t-il

— Des sardines ! Elles sont magnifiques. Regardez. Bien grosses, bien grasses.

— Des sardines ! Quelle horreur ! Je ne supporte que les gambas et les langoustes grillées

— Je l'ignorais. Je pensais que vous apprécieriez. Malheureusement je n'ai rien d'autre à vous proposer. Ah ! Si ! Je crois qu'il reste quelques merguez d'hier. Voulez-vous que je vous en fasse cuire ? Bruno s'amusait comme un petit fou.

— Surtout pas ! Encore cet air dégoûté. Je prendrai de la salade et du fromage.

Le repas se déroula en silence. Isabel essaya de conduire la conversation en parlant aux enfants de leurs études, à Bruno de son travail. L'atmosphère était tendue, chacun perdu dans se pensées. Les enfants observaient les grands se demandant pourquoi cette tension.

— Vous êtes écrivain nous a dit tatie, osa demander Théo. Quel genre de livres écrivez-vous ?

— Celui que je viens de faire éditer est un récit romancé à partir de mon vécu, répondit Arnaud. *Enfin un qui s'intéresse et parle d'autre chose que de leurs petits soucis du quotidien.*

— En quelle que sorte une autobiographie, dit Lisa

— En quelque sorte, tu as raison. Cependant je ne me suis pas mis en scène, j'ai écrit à la troisième personne. *Mais ils sont intellligents, ces enfants !*

La conversation retomba. Arnaud se remit à observer ses hôtes.

— *Ce sont vraiment de petites gens, pensait-il en*

les voyant manger les sardines avec les doigts. Je suis certain qu'un camembert sera le fromage du jour.

— *Mais pour qui il se prend cet énergumène, se demandait Bruno qui avait remarqué ses mimiques dégoûtées. Passons au fromage. Il sortit un camembert qui parfuma l'atmosphère. Vous allez m'en dire des nouvelles. Il est fait à point et si vous le mettez par terre, il retourne tout seul en Normandie*

Ce qui fit rire la tablée sauf Arnaud, évidemment, qui se fendit d'un sourire pincé. Il trempa ses lèvres dans son verre de vin - *juste acceptable à ses papilles habituées aux grands crus.* Le café servi, les amoureux prirent congé, prétextant une invitation pour dix-huit heures.

— Merci encore de votre accueil, dit Arnaud

pressé d'en finir. J'ai passé une bien agréable journée.

– La prochaine fois, je vous concocterai tout que vous aimez, maintenant que je connais vos goûts, lui souffla Bruno.

– Mais non. J'ai dû vous paraître un peu prétentieux mais je suis simple aussi et peux me contenter de peu de chose sauf de sardines ou de merguez. *Il se mit à rire.* Prenez soin de vous. Salut les enfants et bonne lecture. A bientôt.

Dans la voiture, il demeura un long moment silencieux puis

– Ils sont sympathiques mais nous ne jouons pas dans la même cour, nous ne vivons pas dans le même monde.

– Ce sont des gens simples mais avec un grand cœur. Attends de les connaître un peu mieux avant de te faire une opinion définitive. Tu veux bien ? supplia Isabel

– Bien sûr ma chérie, répondit-il tout en pensant - *ils ne me verront pas souvent !*

Les enfants remontés dans leur chambre, Bruno et Nina regardèrent la voiture s'éloigner

— Je ne sais pas pourquoi, dit la jeune femme,

mais je ne le sens pas. Il est prétentieux, un peu pédant. Pourvu que ma sœur ne se fasse pas avoir, elle est tellement amoureuse.

* * * *

Vers 18 heures, le téléphone sonna. Bruno et Nina assis au salon regardaient un film à la tété.

— Qui c'est qui vient m'emmerder à c't'heure,

soupira Bruno avec son accent de Titi parisien. Ah, là, là ! J'te jure. Allô ? Ah, Jeannot, c'est toi ? Qu'est-ce tu veux ?

— Je me demandais si tu ne viendrais pas au

Balto faire un 4-21 et on aurait pu prendre l'apéro ensemble.

— Ch'ais pas. Attends j'demande à Nina.

Comme elle acquiesçait d'un hochement de tête, il répondit, d'accord j'arrive et puis ça va me laver le cerveau.

— Quéque chose qui va pas, demanda Jeannot.

— J'te raconterai ça. À tout' suite.

Il sortit rapidement et rejoignit au café, Jeannot, son ami de toujours. Ils avaient travaillé durant de longues années dans la même usine. Quand Bruno avait acheté son taxi, ils avaient continué à se voir, ne perdant rien de leur amitié. Lorsqu'il arriva le Jeannot était installé à une table, le plateau du 4-21 devant lui. Bruno salua le patron et s'assit face à son ami après avoir échangé une accolade.

— Tu vas bien, avait demandé Jeannot. Tu m'as paru bizarre, au téléphone. Quéque chose te chagrine ?

— Je vais te raconter tout le tintouin. Momo, demanda-t-il au patron, mets nous deux Ricard et pas pour des mauviettes et fais péter les olives, tant que t'y es.

— Allez, déballe ton histoire, celle qui fait

bouillir ton cerveau.

— Voilà ! Aujourd'hui, ma belle sœur est venue nous présenter son nouveau mec. J'avais acheté au marché, des belles et grosses sardines pour les faire griller. Avec un filet de citron, c'est un régal.

— Oh ! Oui. J'en salive rien que d'y penser. Et alors ?

— Et alors ! Figure-toi que Môsieur ne mange que des gambas ou des langoustes grillées. Il avait pris l'accent un peu guindé des gens d'un autre milieu.

— Encore un Bobo qui ne veut pas se salir les doigts ! Mon Bruno, tu as dû voir rouge.

Comme le serveur revenait vers eux, Bruno l'interpella :

— Ressers nous, s'il te plaît. Autre que rouge ! Je propose des merguez, il me fait la même gueule dégoûtée. J'ai cru que j'allais péter un câble. Alors quand j'ai sorti le calendos, je me suis marré. J'ai ouvert la boîte et j' te raconte pas l'odeur. Si tu avais vu sa tronche. S'il avait osé, il se serait enfui.

Les deux compères rirent de bon cœur, l'un se souvenant de la scène, l'autre l'imaginant.

– Ah! Ça m'a fait du bien de te raconter tout ça . Il ne viendra pas souvent chez moi, tu peux me croire. J'espère qu'Isabel ne va pas se faire avoir par ce godelureau.

– Allez, mon Bruno, y pense pu, j'te remets ma tournante et j'me casse.

* * * *

12

Jeudi 19 Juillet - Chez Arnaud

Au sortir de la banque, Isabel se rendit chez Arnaud qui lui avait demandé de passer pour lui parler d'un problème qui le préoccupait. Elle avait demandé son vendredi que son tyran de directeur lui avait accordé sans rechigner, trop heureux de ne pas la voir à la veille du week-end. Elle monta jusqu'à l'appartement et le trouva au milieu d'un tas de cartons.

– Que t'arrive-t-il ? demanda-t-elle, surprise Tu déménages ?

– Bonjour, chérie, répondit-il en lui

donnant un baiser. Eh oui ! Comme tu vois. Cela devait bien arriver un jour. Je pensais avoir encore un peu de temps devant moi pour chercher un logis qui me plaise.

— Explique-moi !

— L'ami qui me prête cet appartement rentre en France, avec sa famille.

— Tu m'avais dit que sa mission en Afrique devait durer encore deux ou trois ans.

— C'est le temps qui lui reste à faire mais ses enfants intègrent le lycée en septembre. Sa femme et lui préfèrent qu'ils soient scolarisés ici et y terminent leurs études. Ils arrivent lundi.

— Que vas-tu faire ? s'inquiéta Isabel.

— Je vais finir mes cartons et faire nettoyer

la maison. Ensuite je prendrai une chambre à l'hôtel en attendant de trouver l'endroit idéal où poser définitivement mes valises.

— Tu irais vivre à l'hôtel ? Et si tu venais vivre chez moi ? proposa-t-elle spontanément.

Faisant semblant d'être surpris par son offre, il arrêta d'emballer ses affaires.

— Chez toi ?

— Bien sûr ! Mon appartement est grand et surtout nous serions ensemble tout le temps

Il la prit dans se bras et l'embrassa longuement.

— C'est une merveilleuse idée. Tu es sûre que cela ne va pas te poser de problème ? demanda-t-il faisant mine de s'inquiéter à son tour. Et puis, ce ne sera que le temps que je trouve quelque chose qui me convienne.

– Non, chéri. Pas de problème pour moi.

Juste un immense bonheur de t'avoir à moi, chez moi, de pouvoir m'endormir dans tes bras. Et qui sait si tu n'y prendras pas goût.

Ses yeux brillaient. Elle imaginait déjà les tendres soirées qu'ils passeraient, seuls au monde.

– Finis tes cartons. De mon côté je vais faire de la place pour tes affaires. Quand penses-tu être prêt ?

– J'ai encore quelques cartons à remplir. La société de nettoyage est prévue pour Samedi. Disons dimanche. Est ce que cela te convient ?

– Parfait pour moi. J'ai aussi une cave dans laquelle tu pourras entreposer ce que tu n'utiliseras dans la maison.

Un nouveau baiser et elle se sauva. En route elle réfléchit à la façon d'aménager son intérieur afin qu'il s'y sente à l'aise. De son côté, Arnaud se félicitait de sa manœuvre.

– Et bien voilà ! Le deuxième acte est en marche. La vie est belle. Un large sourire éclairait son visage.

* * * *

Tout en conduisant, Isabel réfléchissait à l'organisation de son appartement. A côté du salon elle disposait d'une pièce dont elle avait fait son bureau. Elle décida d'en faire un endroit chaleureux et confortable où Arnaud pourrait écrire en toute tranquillité. Elle consulta l'heure au tableau de bord. Dix-huit heures trente ! Elle avait encore le temps de se rendre dans un magasin de meubles.

Elle choisit un bureau moderne, un fauteuil en cuir, une bibliothèque et deux autres fauteuils pour d'éventuels visiteurs. Elle acquit aussi une commode assortie à celle de sa chambre. Elle demanda la livraison pour le samedi. Elle fit un détour par les Galeries La Fayette où elle acheta des rideaux ainsi que des doubles rideaux pour la baie vitrée du bureau. Elle rentra ensuite. Elle était au comble du bonheur.

Vendredi matin avec l'aide de Muriel, son aide ménagère, elle entreprit de vider la pièce et de la nettoyer. Elles firent ensuite du rangement dans le dressing et déplacèrent le chiffonnier pour pouvoir ajouter celui réservé à Arnaud. A Muriel qui lui demandait pourquoi tous ces changements, Isabel répondit avec un sourire rayonnant qu'elle s'apprêtait à accueillir l'homme de sa vie. Elles posèrent les rideaux à la baie vitrée donnant sur la terrasse.

— Il ne manque plus que le mobilier et cette pièce sera le lieu rêvé pour qu'il travaille en toute sérénité.

– Il fait du télé travail votre ami ? demanda Muriel.

– Non pas ! Isabel souriait. Il est écrivain.

– Waouh ! Quel beau métier. J'espère que je ne le dérangerai pas dans sa concentration

– Je ne pense pas. Nous verrons quand il sera installé comment pratiquer. Merci de votre aide Muriel. Vous pouvez partir si vous le souhaitez. Assez bossé pour aujourd'hui.

– Je vous rappelle, Madame, que je suis en congé à partir de Lundi et que Laurie me remplacera .

– Aucun souci - Elle avait cependant froncé les sourcils - Reposez-vous Muriel. On se revoit en septembre.

– Merci, Madame et bonne chance à vous

avec votre amoureux.

Muriel partie, Isabel pensa à Laurie, sa remplaçante. C'était une jeune et jolie fille.

– Je vais devoir ouvrir l'œil. Une brebis dans la tanière, cela ne me plaît pas. Ça alors voilà que je deviens jalouse et soupçonneuse. Jalouse ou lucide ?

Samedi matin, les livreurs installèrent les meubles dans le bureau destiné à Arnaud. Isabel fut très satisfaite de son aménagement. En touche finale, elle posa sur le bureau une lampe très design en acier brillant cuivré avec un long col terminé par un abat-jour au coloris assorti. Elle se recula jusqu'à la porte pour juger du rendu de la pièce.

– C'est parfait, se dit-elle. J'espère que ça va plaire. Il fera lui-même le reste de la décoration. Il doit bien avoir quelques tableaux qu'il aime. J'ai hâte d'être à demain.

Une fois encore, elle n'avait pas regardé à la dépense et dû alimenter son compte par le biais de son livret d'épargne.

* * * *

Dimanche matin 22 juillet

Vers dix heures, le véhicule de déménagement loué par Arnaud se gara au pied de l'immeuble d'Isabel. Certains cartons furent montés dans l'appartement, les autres descendus à la cave. Les livreurs partis, ils se retrouvèrent seuls. Elle le prit par la main.

– Viens vite. J'ai une surprise pour toi.

– Dois-je fermer les yeux, demanda-t-il en riant.

– Oui et ne triche pas !

Elle ouvrit la porte du bureau, le conduisit à l'intérieur.

– Tu peux les ouvrir maintenant, dit-elle.

Il resta un moment sans rien dire puis d'une voix émue C'est pour moi ? demanda-t-il

– Ce sera ton lieu de travail, ta tanière.

– C'est magnifique. Il était surpris. Et tu as réussi à tout faire en trois jours ! Tu es merveilleuse. Si j'étais croyant, je remercierais le ciel d'avoir, un soir, croisé ton chemin.

Il l'attira contre lui et la serra si fort qu'elle gémit.

– Je ferai tout ce qui est en mon pouvoir pour que tu sois heureux. Viens voir le reste, proposa-t-elle en se dégageant de son étreinte.

Elle l'emmena dans la chambre, lui montra la commode qui serait la sienne et la partie du dressing où il pourrait ranger ses vêtements.

– Je suis comblé. Je croyais devoir dormir à l'hôtel ce soir et je me retrouve dans un palais avec ma princesse.

Il la saisit par la taille. Dans ses yeux venait de s'allumer la petite lumière du désir. Il l'entraîna sur le lit. Elle n'offrit aucune résistance et se laissa emporter par le plaisir. Épuises, ils s'endormirent lovés l'un contre l'autre. La vie commune commençait de la plus douce des façons.

* * * *

AOÛT 2018

***

13

Jour après jour, la vie à deux s'organisa. Arnaud avait décoré le bureau en y plaçant ses livres préférés, quelques bibelots et sur le mur derrière son fauteuil, un magnifique tableau représentant un enfant, tête baissée, caché sous un grand chapeau qui masquait son visage. Il était assis sur une marche, devant la porte de ce qui devait être sa maison. Les couleurs étaient lumineuses et l'ensemble juste splendide.

— Un ami peintre me l'a offert, lui avait-il .

Confié. J'y tiens beaucoup.

— Je te comprends. Il est sublime. Es-tu satisfait de ton espace travail, avait-elle demandé ? un peu inquiète.

— C'est parfait, mon cœur. J'ai ici tout ce dont j'ai besoin. La beauté de la pièce, ce fauteuil confortable et ce magnifique ordinateur qui remplacer le mien quelque peu dépassé. Que demander de plus ? Ah si ! une faveur : ne pas entrer dans le bureau lorsque la porte sera fermée.

— Pourquoi ? demanda-t-elle, surprise.

— Lorsque je travaille, je n'aime pas être dérangé. L'inspiration est une chose fragile et la distraction peut la perturber. J'espère que tu me comprends, ma douce ?

— Bien sûr ! Et puis, je serai moi aussi au travail quand toi tu écriras.

— C'est vrai, avait-il dit en lui volant un baiser.

Il avait marqué son territoire sachant qu'elle ne dérogerait pas à cet interdit.

Les jours s'écoulaient dans la douceur des moments partagés. Moments tendresse, moments passion, il savait l'entourer de tous ces instants qu'elle gravait dans sa mémoire et dans son cœur.

Il était aussi très attentionné. En fin escrocoeur qu'il était, il l'avait cernée dès leur première rencontre. Trop longtemps seule, avec juste quelques hommes de passage, des relations éphémères qui n'avaient jamais atteint son cœur et souvent laissé son corps insatisfait. Célibataire endurcie comme elle aimait à se définir, elle avait craqué pour lui et il entretenait à merveille sa dépendance.

Quand elle rentrait après sa journée à la banque, il avait toujours quelque chose pour l'accueillir et lui faire oublier toutes ces heures passées loin de lui. Une rose, un bain parfumé, une maison illuminée de bougies, une invitation dans son restaurant préféré ou encore un dîner aux chandelles, commandé chez le meilleur traiteur de Paris. Émue, elle lui disait :

— Tu me gâtes trop. Je vais y prendre goût, tu sais !

Il la prenait dans ses bras et, la serrant contre lui, la couvrait de baisers.

— Rien ne sera jamais trop beau pour toi, ma douce, lui susurrait-il.

— Tu fais des folies, répondait-elle.

Il ne disait rien, se contentant de la serrer dans ses bras tout en pensant

— *Pourquoi me priver. C'est toi qui paies !*

Un soir, elle l'avait trouvé assis sur le divan face à la télé qu'il ne regardait pas. Il n'avait rien préparé et semblait soucieux.

— Mon cœur, que se passe-t-il, avait-elle demandé, inquiète.

— Je pensais recevoir aujourd'hui le paiement des royalties de mon livre mais mon éditeur me dit que son comptable est absent et qu'il me faut attendre quelques jours.

– Ce n'est que çà ! Ce n'est pas si grave, lui dit-elle soulagée.

– Je sais que ce n'est pas grave mais je me retrouve sans un sou.

– Je vais t'en donner. De combien as-tu besoin?

– Cinq cents euros.

Elle ouvrit son secrétaire et lui tendit la somme demandée.

– Je te rembourserai dès qu'il m'aura versé mon acompte. Merci ma douce.

– Rien ne presse. Ne t'inquiète pas.

Ils avaient passé une soirée de rêve. Le lendemain, elle avait mis en place un virement permanent de son compte sur celui d'Arnaud, lui disant qu'ainsi il pourrait attendre son argent sans avoir à la solliciter.

Ce sera moins humiliant pour lui, s'était-elle dit.

Depuis tout se passait à merveille. Il faisait ce qu'il voulait de cet argent sans qu'elle ne lui pose aucune question.

– Tu as trouvé la pigeonne idéale, se complimentait-il.

* * * *

Depuis deux semaines, ils coulaient le parfait amour. Isabel vivait sur un petit nuage bleu que même son tyran de directeur n'arrivait plus à transformer en nuage d'orage. Pourtant une question la tenaillait. Elle avait demandé à Arnaud à plusieurs reprises de lui parler de l'histoire de son roman, de lui en faire lire quelques pages. Il avait refusé prétextant que ce n'était encore qu'un brouillon, rien de bien construit. Un soir, comme elle revenait à la charge, il s'était énervé, lui disant :

–

– Mais tu n'as pas encore compris ? Je t'ai dit pas pour le moment. Tu es fatiguante ! Tiens, je vais faire un tour et il était sorti en claquant la porte.

Surprise par sa brusque colère, elle était restée sans voix.

– Pourquoi un tel énervement ? se demanda-t-elle.

Un doute se faisait jour dans sa tête. Ecrit-il vraiment ? Finalement, il n'avait publié qu'un seul livre et ce n'était pas de la grande littérature. Elle se promit de chercher dans son ordinateur.

Elle s'enroula dans le plaid douillet posé sur le canapé et finit par s'endormir face à un écran qui diffusait un documentaire sur les suricates qu'elle avait déjà vu. Le bruit de la clé tournant dans la serrure la réveilla. Il rentrait. La découvrant blottie sur le divan, il s'approcha, penaud.

– Pardon, chérie ! Pardon ! Je me suis emporté. Je suis à un moment de mon histoire où mon héros doit faire un choix et je n'arrive pas à trouver le ressort qui le fera agir d'une façon ou d'une autre.

Il avait presque les larmes aux yeux. Elle prit son visage entre ses mains, le caressant tendrement.

– Ne t'inquiète pas, mon cœur. C'est moi qui suis désolée de t'avoir harcelé. Je te promets d'attendre que tu sois prêt à me le faire découvrir quand tu jugeras le moment venu.

Comme chaque fois, ils finirent dans les bras l'un de l'autre, se retrouvant dans une étreinte torride qui effaça toutes ses questions.

Leur vie à deuxreprit son ronronnement quotidien, parsemée d'instants flamboyants, les menant au-delà du ciel et des étoiles.

Depuis le début du mois, le ménage était assuré par Laurie, une jeune et jolie jeune fille. Délurée, sans complexe, elle envahissait la maison. Écouteurs sur les oreilles, elle travaillait en chantonnant. Arnaud la regardait avec beaucoup d'intérêt d'autant plus qu'elle semblait ne pas succomber à son charmant.

Ce jour-là, Isabel s'était rendue au siège de la banque et compte tenu de l'heure, le directeur l'avait autorisée à ne pas revenir à l'agence. Elle était entrée dans l'appartement et allait crier - « Mon cœur, je suis là ! » - quand elle vit Laurie sortir du bureau, les joues rouges, les cheveux défaits et remettant de l'ordre dans sa tenue. Elle recula dans l'entrée pour ne pas être vue d'Arnaud qui, du seuil du bureau, œil de velours et sourire satisfait, regardait la jeune fille s'éloigner. Il remettait lui aussi un peu d'ordre dans sa chevelure. Incrédule, elle tremblait. Souffrance ? Colère ? Elle ne savait pas mettre un mot sur ce qu'elle ressentait.

– Tu imagines peut être quelque chose qui n'existe pas, pensa-t-elle.

Elle essayait de se rassurer comme elle pouvait. Il fallait qu'elle en ait le cœur net. Elle ressortit sans bruit et refit son entrée en s'annonçant très fort. Arnaud sortit du bureau surpris.

– Toi, ma douce ! Que fais-tu à la maison à cette heure ?

— J'ai dû me rendre à la direction générale et mon adorable directeur m'a donné le reste de mon après midi, si je voulais.Tu penses bien que je n'allais pas refuser, dit-elle en l'embrassant tendrement. Ye retrouver plutôt est un tel bonheur. Les heures passées loin de toi sont interminables.

Un léger bruit dans son dos lui fit tourner la tête.

— Ah ! Bonjour Laurie, dit-elle, vous êtes encore là ?

— Oui, Madame. Je viens juste de terminer. J'allais m'en aller, répondit la jeune fille, quelque peu rougissante.

— Tout se passe bien entre vous ? demanda-t-elle à Arnaud

— Comment ça ? dit-il visiblement troublé par la question.

— Je voulais savoir si Laurie ne te dérange pas

pendant que tu travailles. Le bruit de l'aspirateur ne te gêne pas ?

– Non, non, pas le moins du monde. - *Il était soulagé.* - Elle respecte mes interdictions et ne vient dans le bureau que lorsque je l'y autorise. Elle sait se faire discrète et silencieuse.

Laurie revenait après s'être changée. Elle salua Isabel et Arnaud à qui elle lança un regard appuyé qui n'échappa pas à la jeune femme.

– A vendredi ! Bonne soirée !

– A vendredi ! dit Isabel. Bonne soirée à vous aussi.- *J'en aurai le cœur net, se promit-elle.*

L'aide ménagère partie, ils reprirent leur conversation, se racontant leur journée. La nuit fut torride, chacun voulant convaincre l'autre mais de quoi ?

* * * *

Ainsi qu'elle se l'était promis, elle imagina un plan qui confirmerait ou infirmerait ses soupçons. Elle prit un jour de RTT que son charmant directeur lui accordait avec beaucoup de réticence. Elle ne dit rien à Arnaud et partit pour la banque à l'heure habituelle, gara sa voiture dans une allée proche de son immeuble et revint à pied dans la résidence.

Quel ne fut pas son étonnement de le voir sortir quelques minutes après elle.

— Où va-t-il dans cette élégante tenue ? se

demanda-t-elle. Est-ce que je le suis? Réflexion faite, elle regagna l'appartement. Je vais profiter de son absence pour lire ce qu'il a écrit.

Dans le bureau, elle constata qu'il avait oublié d'éteindre son ordinateur.

— je n'aurai pas besoin de chercher son mot de

passe.

Elle visionna tous ses fichiers, peu nombreux au demeurant. Force lui fut de constater qu'il n'avait pas écrit une seule ligne, pas même un titre depuis trois semaines qu'il vivait avec elle. Mais que faisait-il de ses journées ? Elle commençait à se questionner très sérieusement.

– Charlène et Nina auraient-elles raison ? C'est un prédateur qui joue les amoureux pour vieille fille un peu sotte et amoureuse de lui au point de ne rien lui refuser ? Je n'ai pas pu me tromper, ce n'est pas possible. Il est tellement tendre, amoureux, attentionné ! Personne ne peut feindre à ce point. Non, il y a sans doute une autre explication.

Tout en réfléchissant, elle continuait son inspection de l'ordi et ouvrit sa boite mail. Elle en lut quelques uns quand l'un d'eux retint son attention. Il disait :

« *J'attends toujours mon argent. Le temps presse et les intérêts augmentent, ne l'oublie pas.* »

Un bruit devant la porte d'entrée la fit sursauter. Arnaud revenait. Elle ferma rapidement les fichiers ouverts et sortit par la baie vitrée de la terrasse. La laissant légèrement entre ouverte, elle se dissimula derrière la jardinière. Le jeune homme entra dans la pièce, lança ses clefs sur le bureau. Il semblait furieux, dans une rage folle.

— J'en ai assez. Elle commence à devenir

collante. Comment vais-je réussir à la plumer et à me débarrasser d'elle ? Il me faut absolument trouver cet argent sinon...

Isabel avait tout entendu de son monologue. Quel était donc ce problème qui lui causait tant de souci ? Qui était celle dont il voulait se débarrasser ? Parlait-il d'elle ou d'une autre ? Elle s'éclipsa discrètemen en passant par le salon. Elle atteignait sa voiture quand son téléphone sonna. C'était la responsable de l'association qui lui annonçait que Laurie avait démissionné et que personne ne viendrait pour le ménage.

— Cela ne fait rien. Je suis en congé la semaine

prochaine et je pars en Bretagne. Je retrouverai Mariel en septembre.

—

— Comme prévu, lui confirma la secrétaire de la société. Passez d'agréables vacances.

Pourquoi Laurie avait-elle démissionné subitement ? Avait-il été la rejoindre ? De qui parlait-il en disant qu'il en avait assez d'elle ? Est-ce elle ou Laurie qui devenait collante ? Quel était ce mystérieux personnage lui demandant de l'argent ?

Recroquevillée sur son siège, elle ne savait plus quoi penser ou plutôt elle ne voulait penser à rien. Depuis le début de son aventure avec Arnaud, elle savait qu'un jour il la quitterait pour une plus jeune qu'elle mais pas encore. Elle s'accrochait à cet amour comme à une bouée. Il ne fallait surtout pas l'ennuyer, le contrarier. Elle devait le laisser libre de ses mouvements, satisfaire tous ses désirs, quitte à le partager avec une autre.

* * * *

14

Lundi 6- 15 h

Plongée dans la lecture d'un document, Isabel étudiait le projet d'un client, dossier délicat qui demandait toute son attention. C'était un jeune couple pour lequel elle avait beaucoup de sympathie. Ils étaient tellement amoureux que ça en était touchant. Ils voulaient acheter un appartement pour accueillir leur premier enfant. Son portable qu'elle avait mis sur vibreur, s'alluma et le nom d'Arnaud s'afficha. Inquiète, elle décrocha rapidement, jamais il ne l'appelait à cette heure là.

— Salut, mon cœur. Que t'arrive-t-il ?

demanda-t-elle.

– Désolé de te déranger. Je viens de recevoir un appel de mon ami Hugo. Ils atterrissent à Roissy à dix-huit heures et me demandent si je peux aller les chercher.

– Ah, fit-elle rassurée. Ce n'est que ça. Bien sûr, va les chercher. As-tu besoin de la voiture ?

– Non, j'ai loué un SUV, que je lui laisserai. Sa femme et ses enfants rentrent définitivement et ils ont de nombreux bagages. Je voulais t'avertir de ne pas m'attendre pour dîner ce soir. Je ne sais pas quand je serai de retour.

– Parfait, chéri. Sois prudent sur la route. Je t'aime. Bisous.

– Je t'aime moi aussi. Je t'embrasse.

Un peu triste, elle raccrocha. Depuis qu'ils vivaient ensemble, ce serait la première fois qu'elle dînerait seule.

Arnaud avait lui aussi coupé son portable. Il était joyeux.

— Enfin une soirée libre, une soirée tranquille,

cette collante, cette arapède qui s'accroche à moi sns comme à un rocher.

Il avait menti sur l'heure d'arrivée de ses amis afin d'avoir du temps pour lui. Il passa dans la salle de bain, prit une douche et soigna tout particulièrement sa tenue. Satisfait, il sortit. A seize heures l'A320 d'Air France se posait sur la piste, il accueillit ses amis et tous regagnèrent Paris. A dix-huit heures ils avaient rejoint l'appartement, déchargé les valises. Arnaud était reparti, laissant le véhicule à son ami. Il prit un taxi et se fit déposer devant un grand restaurait de fruits de mer où il avait réservé une table.

— Mieux vaut éviter la Rotonde, s'était-il dit.

Un serveur pourrait commettre un impair sans le vouloir.

Il avait dégusté un plateau copieusement garni et fait traîner son repas, juste pour profiter de ce moment de solitude. Puis il s'était fait conduire sur les Champs Élysées et avait déambulé sur l'avenue sans but précis, léchant les vitrines.

Installé à la terrasse d'un bistrot, il dégusta un café, regardant les gens, surtout les jolies femmes qui flânaient dans la douceur de cette nuit de Juillet.

Il était minuit quand il décida de rentrer. L'appartement était silencieux, seule une lampe était restée allumée dans le salon. Un petit mot était posé dans la cuisine. - *Mon cœur, si tu as faim, je t'ai préparé une assiette dans le frigo. Je t'aime.* -

Doucement il poussa la porte entre baillée de la chambre, Isabel dormait profondément. Sa douche prise, il se glissa dans les draps, le plus lentement possible. Elle ne se réveilla pas.

– Tant mieux, se dit-il. Pas besoin d'honorer la dame. Impossible ce soir.

A son tour il sombra dans un profond sommeil, son esprit occupé par un rêve qui le faisait sourire.

Au petit déjeuner, Isabel lui demanda s'il était rentré tard.

– Je t'ai attendu jusqu'à vingt-deux heures, puis je me suis couchée. J étais fatiguée, ma journée a été difficile.

– Encore ce directeur qui t'ennuie, mon cœur ?

– Comme tu t'en doutes ! Mais toi, raconte !

– Mes amis sont bien arrivés mais avec une heure de retard ! Un problème à l'embarquement à Ouagadougou. Ensuite ils ont eu droit à la fouille des bagages. Quand nous avons pu rejoindre la voiture, il était déjà vingt heures trente. Compte tenu de l'heure tardive, ils ont commandé des pizzas. Comme tu vois, rien d'extraordinaire. Ils nous invitent samedi onze au soir si tu es d'accord. Je dois confirmer.

– Avec plaisir, je serai heureuse de faire leur connaissance, dit Isabel.

Elle s'était levée et enfilait sa veste. Comme il ne répondait pas, elle le regarda. Les yeux perdus dans le vague, un sourire sur les lèvres, il semblait très loin.

– Coucou, mon cœur, tu rêves ? lança-t-elle

– Oh, pardon, ma douce. Je viens d'avoir une idée pour la suite du roman que j'écris. Tu disais ?

– Que je serai ravie de les rencontrer et que je file sinon je vais être en retard. Je t'ai laissé de l'argent si tu veux faire quelques courses. Bisou.

Elle le lui envoya du bout des doigts et sortit.

Il ne réagit pas. De nouveau perdu dans son rêve, il revivait sa soirée. Après sa promenade sur les Champs, il s'était attablé à la terrasse d'un café. Il dégustait son breuvage lorsqu'une silhouette venant vers lui avait attiré son attention. Une jeune femme s'avançait. Ce fut d'abord un contact visuel.

Démarche dansante, un corps de rêve moulé dans une robe qui soulignait ses formes, une chevelure d'ébène répandue sur ses épaules ondulant à chacun de ses pas, et des yeux dont on ne pouvait dire s'ils étaient verts ou gris. Ce fut ensuite son odorat qui fut mis en émoi. Un parfum léger, subtil, poudré qui la devançait puis accompagnait sa marche comme un ruban de soie. Enfin ce fut sa voix, une voix douce qui faisait chanter les mots, une voix qui caressait, qui émouvait.

Ébloui par sa beauté, il ne pouvait plus détacher ses yeux de cette apparition. Il était là, face à elle qui avait pris place à une table non loin de lui, comme un papillon pris dans les fils soyeux d'une toile d'araignée. Il continua de la détailler, admirant en fin connaisseur, les vêtements qu'elle portait, l'élégance de ses chaussures, aux couleurs de son sac assorties à celle de ses escarpins et ce léger maquillage qui mettait en valeur les traits de son visage et la profondeur de son regard.

– Que m'arrive-t-il ? il se posait la question.

Lui, le prédateur au cœur de pierre, venait de le voir tomber en morceaux. Et ce petit pincement qu'il n'avait jamais ressenti, cette douce chaleur qui l'envahissait sans qu'il comprenne pourquoi. Il aurait voulu fermer les yeux et qu'elle ait disparu quand il les rouvrirait mais il ne pouvait pas. Il en était incapable. C'était comme un aimant qui l'attirait irrésistiblement. Il sortit une carte de visite de sa poche et griffonna :

« Bonjour, belle étrangère. Ange aux ailes drapées de silence, vous venez de briser mon cœur. Je veux vous retrouver. Téléphonez-moi, j'ai envie de vous entendre, de mettre une musique sur un visage dont je couvrirai les murs de la ville si vous m'y obligez. Ne soyez pas trop longue. Le temps passe vite, il ne faut pas en perdre une seconde. Quel est votre prénom ?».

Il signa « Un inconnu qui vous aime déjà. »

Il appela le serveur, lui confia la carte en lui désignant la personne à qui la remettre et attendit.

La jeune femme, surprise, regarda dans sa direction. Il lui adressa son plus beau sourire. Elle lut son petit mot et le rangea dans son sac.

Il tremblait d'espoir et de crainte. Et si elle l'ignorait ? Et si elle disparaissait comme elle était apparue ?

Il la vit se lever, s'avancer vers lui et marquant un bref temps d'arrêt, murmurer :   - *Églantine.-*

Il en était là de son rêve quand son portable sonna pour un appel inconnu. Il décrocha et la voix au bout du fil, fit battre son cœur, un frisson le parcourut et ne put émettre un seul mot.

— Bonjour, bel étranger. Moi, c'est Églantine...

Le piège venait de se refermer et il savourait sa mise en prison. Prisonnier de l'amour pour la toute première fois de sa vie. La geôlière était si belle et le hold up si doux. De chasseur, il était devenu gibier et bizarrement il aimait ça.

* * * *

Lundi 6 – 18h.

– Coucou, mon cœur ! Je suis rentrée !

s'annonça-t-elle.

D'ordinaire, il s'empressait de la rejoindre, de la prendre dans ses bras, de la serrer contre lui et de lui murmurer des mots doux après un baiser passionné. Aujourd'hui, sa voix avait juste troublé le silence.

– Bizarre, se dit-t-elle. T'es où, mon cœur ?

Sans réponse, elle s'étonna. Jamais il n'était absent à cette heure de la journée mais si cela lui arrivait, il la prévenait toujours. Aujourd'hui il ne l'avait pas fait. Elle chercha un mot dans la cuisine puis dans le salon. Il n'avait rien laissé. Où pouvait-il bien être ? Ses doutes, ses interrogations se réveillaient.

Il arriva vers vingt heures, s'excusant de ne as l'avoir prévenue.

– Désolé, ma douce. Mon éditeur m'a appelé

vers seize heures. Il voulait que nous discutions de la couverture et du titre de mon prochain roman. Je devais être rentré avant toi mais au final cela a duré plus longtemps. Je suis pardonné ? implora-t-il, penaud.

— A condition que tu me donnes le titre.

— Pas encore définitivement choisi et puis...

arrête de me questionner, je ne parlerai plus, même sous la torture.

Il riait, Isabel le regardait surprise. Il ne s'était pas mis en colère comme les autres fois. Il était gai, enjoué. Il fredonnait.

— Tu es bien joyeux ce soir, mon cœur !

remarqua-t-elle. Que t'arrive-t-il ?

— Euh ! Il bafouillait. Eh bien ! Mon premier

livre avance bien et je viens d'atteindre le mille cinq centième exemplaire vendu. Tu imagines.

Il l'avait prise dans ses bras et la faisait tournoyer. Serrée contre son torse, elle respirait son odeur.

Quel était ce parfum qui lui chatouillait les narines. Soyeux, poudré, envoûtant, c'était un parfum de femme.

— Il y avait une femme avec vous ? lui demanda-t-elle.

— Une femme ? Euh ! Non. Il s'étonnait d'une voix mal assurée. Nous n'étions que tous les deux, Philippe et moi. Pourquoi cette question, ma douce.

— Comme ça. La secrétaire aurait pu être présente.

— Non, elle est à une promotion en province.

Elle savait qu'il mentait. Une femme avait laissé sa trace parfumée sur sa chemise. Elle avait envie de pleurer mais ne laissa rien voir de sa souffrance. Inutile de s'alarmer. Il était là, il lui montrait de l'amour. Ce soir, il l'aimerait avec ardeur. Elle ne demandait rien de plus.

* * * *

Samedi 11 – 19 h – Chez Hugo Courtois.

– Venez décontractés, avait dit Hugo. Ce sera un repas entre nous, sans cérémonie.

Isabel avait choisi une robe fleurie coupée dans un tissu léger, Arnaud un jean et un polo Lacoste, sobriété et élégance. Hugo les accueillit. Arnaud présenta Isabel à son ami et sa famille.

– Ma chère, voici Hugo, mon ami, sa femme Justine et les jumeaux, Zoé et Théo. Mes amis, voici Isabel, ma banquière bien aimée.

– Nous sommes ravis de rencontrer celle qui a su conquérir le cœur de ce Don Juan, jusqu'alors irrécupérable.

Tout le monde riait, l'atmosphère se détendait. La soirée fut fort agréable, leurs hôtes des gens simples et adorables. Hugo parla longuement, expliquant à Isabel captivée, son travail au sein de cette ONG qui l'employait. Elle le découvrait impliqué, passionné par son action.

— Actuellement, je prépare un projet pour la village au nord de la capitale, d'un dispensaire et d'une école. Nous y avons déjà creusé un puits, mis en place des panneaux solaires pour la fourniture d'électricité. Il y a tant à faire encore !

— Comme cela doit être gratifiant de pouvoir donner à ces gens, l'accès à tous ces progrès qui sont indispensables à la vie.

— Surtout l'eau. Plus besoin d'aller jusqu'au fleuve ou au marigot et surtout plus de risques sanitaires.

— Et vous ? demanda Isabel en se tournant vers Justine. Faites-vous partie de cette organisation ?

— Non, je n'avais aucune mission officielle. Je ne travaillais pas. Mais j'étais bénévole à l'orphelinat de Ouagadougou.

— Quel était votre rôle ?

– Les bénévoles de l'orphelinat s'occupent des bébés abandonnés et ils sont nombreux. Souvent nés d'un viol ou d'un inceste, ils sont déposés devant la porte. Notre rôle est de les entourer de tendresse afin d'éviter que leur vie ne commence dans l'indifférence et le manque d'amour. Nous nous relayons auprès de ces petits êtres innocents, nous leur consacrons trois jours par semaine et nous les suivons jusqu'à l'adoption, leur permettant ainsi d'être aimés durant les premiers mois de leur vie. Se sentir aimé est tellement important pour eux.

– C'est magnifique. Vous avez dû avoir le cœur gros de les laisser. Ils vont vous manquer.

– Oui, terriblement. Mais je me suis inscrite dans une association française qui travaille avec cet orphelinat. Je retournerai tous les ans passer quinze jours avec eux. Si cela vous intéresse, je vous ferai connaître le groupe.

– Pourquoi pas, répondit Isabel, Qu'en penses-tu, Arnaud ? demanda-t-elle.

– Je suis sûr que cela te conviendrait. N'hésite pas fonce, lui répondit-il.

La conversation se poursuivit. Ils parlèrent des enfants, de leurs études, de leur choix de rentrer pour cette dernière année si importante.

– Et surtout, avait dit Hugo, un plus grand choix de filières et d'universités pour la suite. D'ailleurs souvent les étudiants burkinabés, viennent en France pour ces mêmes raisons.

La soirée était bien avancée quand ils prirent congé, se promettant de se revoir.

* * * *

15

Jeudi 16 – 18h 30

Assis au bord du lit, Arnaud regardait Isabel remplir les valises.

– Tu es sûre de vouloir aller en vacances avec ta sœur ? demanda-t-il, contrarié.

– Oh ! Oui ! Cela fait cinq ans que nous passons deuxième quinzaine d'août à Noirmoutier. Tu verras, c'est un endroit agréable, calme et reposant. Tu pourras écrire en toute tranquillité, si tu veux.

– Mais ce n'est pas une obligation. Nous pourrions aller dans ma maison du Bassin d'Arcachon.

- Mon cœur, je ne veux pas changer cette habitude. Je loue cette maison d'une année sur l'autre. Nous y serons bien et nous n'avons pas à être avec eux constamment. Ils passent des heures à la plage. Pendant ce temps, je te ferai découvrir l'île. S'il te plaît, fais un effort pour moi.

- Ok ! soupira-t-il, pour toi et uniquement pour toi.

- Merci, mon cœur ! L'an prochain nous partirons seuls, nous irons où tu voudras. Promis.

Le trajet depuis Paris se fit dans une ambiance morose. Arnaud, toujours contrarié, n'avait pas été très bavard. A chaque arrêt, il s'était isolé pendant de longues minutes, portable collé à l'oreille. Isabel l'avait observé discrètement. Il parlait, écoutait, souriait et parfois riait. Qui était cet interlocuteur qui le rendait joyeux ? Quand elle lui avait posé la question, il avait répondu – mon éditeur -. Elle savait qu'il mentait mais comment le lui dire ? Elle sentait qu'il ne faudrait pas grand chose pour qu'il claque la porte de ces vacances imposées. Elle avait hâte d'arriver.

— Nous y sommes, annonça-t-elle en stoppant

la voiture devant une maison blanche aux volets bleus. Qu'en penses-tu ?

— Bof ! fit Arnaud. C'est assez quelconque.

— Évidemment cela te change des belles villas

de St Tropez. *Elle se moquait.* Mais tu apprécieras, j'en suis persuadée. Veux-tu ouvrir le portail ? demanda-t-elle en lui tendant les clefs.

— Tu les as déjà ! Il était surpris.

— La propriétaire me les envoie toujours

quelques jours avant. Nous sommes devenues amies depuis toutes ces années, nous ne faisons même plus d'état des lieux. Elle a entièrement confiance.

Le portail ouvert, elle gara la voiture dans l'allée.

— Viens ! Je vais te faire visiter.

Elle ouvrit toutes les portes et les fenêtres et les derniers rayons du soleil inondèrent la maison. Ils en firent le tour.

– Comme tu le vois, chaque partie nuit possède sa salle de bain. Nous, nous dormirons ici.

Elle ouvrit un rideau séparant la salle de séjour de la pièce qu'Arnaud découvrit.

Une grande chambre avec un grand lit, une commode, un placard mural et deux fauteuils.

– Nous serons isolés du reste de la maison, séparés des autres par la cuisine et le séjour et nous aurons notre propre salle de bain. Alors ?

– Parfait. Il souriait enfin. Isabel soupira, soulagée.

La première semaine se passa sans heurts ni petites phrases assassines avec Nina ou Bruno. Il faut dire que la famille passait presque tout son temps à la plage tandis que les amoureux enfourchaient les vélos pour des ballades dans l'île.

Isabel lui fit découvrir le château ; ils se promenèrent dans les allées du marché couvert, se régalèrent d'une barquette de petites crevettes grises. Ils firent escale au port de L'Herbaudière, attendant l'arrivée de pêcheurs et de leur cueillette frétillante. Sur la grand place était installé un magnifique carrousel. Comme deux enfants insouciants, ils firent un tour sur les chevaux de bois montant et descendant le long d'un tube. A l'heure du déjeuner, ils s'arrêtaient dans un petit restaurant et savouraient des mets simples, sans prétention mais toujours succulents. Le soir, ils retrouvaient le reste de la famille installée sur la pelouse et Bruno devant son barbecue. Chaque soir aussi, Arnaud s'isolait au fond du jardin et discutait un long moment au téléphone.

Isabel ne lui demandait même plus qui était son interlocuteur mais souffrait de ce comportement. Nina et Bruno avaient remarqué son désarroi et essayaient de la faire rire.

Arnaud avait fini par apprécier cette semaine de vacances tellement différente des siennes et s'accommodait du reste de la famille pour le peu de temps qu'ils passaient ensemble.

* * * *

Ce matin-là, comme Arnaud dormait encore, Isabel décida d'accompagner Bruno et les enfants à la plage. A son réveil, s'apercevant qu'il était seul, il appela Églantine.

– Bonjour chérie. Comme tu me manques,

soupira-t-il... Je sais mais sois patiente, je n'en ai plus pour longtemps, je t'assure... Je te promets de tout lui dire dès que nous serons rentrés... Bien sûr que je t'aime. Si tu savais comme j'en ai ma claque de cette femme. Je ne la supporte plus... J'y suis bien obligé mais quand je lui fais l'amour, c'est toi que je vois, que je serre dans mes bras... Mais oui, tu le sais que je t'aime, que je ne veux que toi... Non, ne me demande pas ça. J'ai encore besoin d'elle...

Nina qui revenait du village où elle avait fait quelques courses, avait posé son vélo contre le mur et écoutait la conversation d'Arnaud avec cette autre femme. Furieuse de ce qu'elle avait entendu, elle ouvrit la porte si violemment qu'elle claqua contre le mur et fit sursauter Arnaud.

– Mais quel homme êtes-vous ? Comment osez-vous parler d'Isabelle de cette façon, vous comporter de la sorte ? Elle vous aime de tout son être et vous la trompez ! Je vais tout lui dire. Je savais que vous étiez un minable, un manipulateur. Vous m'écœurez. Vous vous servez d'elle, vous lui soutirez tout son argent et quand elle vous aura tout donné, vous la plaquerez comme un vieux vêtement usé.

– Oui, j'aime une autre femme. Il avait levé le

ton, furieux d'être découvert. Et alors, en quoi cela vous concerne-t-il ?

– Vous faites souffrir ma sœur, cela me

concerne. Vous jouez avec ses sentiments, vous faites entretenir. Vous n'êtes qu'un gigolo. Vous me répugnez ! Je vais tout lui dire !

— Oh ! Et puis allez donc tout raconter à votre petite sœur chérie. J'en ai assez d'elle, de votre famille pitoyable, de cet endroit minable. Je m'en vais. Vous direz à Isabel que je la retrouverai peut-être à Paris, qu'il est inutile qu'elle me cherche ou qu'elle m'appelle. Je ne répondrai pas. Je ne veux plus l'entendre. Je veux être seul

— C'est ça ! Cassez-vous, fichez le camp et ne remettez jamais les pieds chez nous.

Vers onze heures, Isabel rentra. La chambre étant vide, elle se dirigea vers la cuisine où Nina préparait le repas.

— Salut, petite sœur, dit-elle en déposant un iser sur sa joue. As-tu vu Arnaud ?

— Oui, je l'ai vu. Il a fait sa valise, appelé un taxi et il est parti.

— Comment ça, parti ? Sans rien me dire, sans me laisser même un mot d'explication ? Isabel s'affolait, des larmes plein les yeux. Pour aller où, il te l'a dit ?

— Assieds-toi, je vais te raconter ce qui s'est passé.

Nina lui fit le récit de ce qu'elle avait entendu et de la dispute qui s'en était suivi. Isabel l'écoutait incrédule, stupéfaite.

— Mais comment as-tu pu lui dire toutes ces horreurs ? De quel droit t'es-tu mêlée de ma vie ? Qu'est ce qui t'a pris ?

— Je voulais juste te défendre. Nina était effondrée devant les accusations violentes de sa sœur.

— Me défendre ? Mais je suis capable de le faire moi-même. J'aime cet homme de tout mon être, plus que tout au monde. Je sais que parfois il me ment et je m'en fiche. Je ne veux pas le perdre.

— Je l'ai fait pour ton bien. Ne vois-tu pas qu'il se sert de toi, qu'il vit à tes crochets, qu'il est en train de te ruiner ?

— Ce n'est pas ton problème. Je fais ce que je veux de mon argent. Tu en as bien profité toi aussi.

— C'est un coup bas, Isabel. Tu ne m'as jamais parlé ainsi. Elle pleuraitmaintenant.

— Garde tes larmes pour autre chose. Isabel était devenue cassante. Je ne veux plus entendre parler de vous. Je rentre à Paris. Vous pouvez terminer vos vacances, tout est payé. Vous laisserez les clefs dans la boîte aux lettres. La propriétaire viendra les récupérer. Et inutile d'essayer de m'appeler, je ne répondrai pas.

La jeune femme fit rapidement sa valise et partit sans même un regard pour sa sœur. Son seul souci était de retrouver Arnaud au plus vite. A chaque arrêt, elle essaya de l'appeler mais il était toujours sur messagerie. Elle lui laissa des messages qui restèrent sans réponse.

Son cœur battait fort lorsqu'elle ouvrit la porte
„ Pourvu qu'il soit là, pensa-t-elle »

L'obscurité de l'appartement et le silence qui y régnaient lui firent comprendre qu'il n'en était rien. En fin d'après midi, il décrocha enfin son téléphone pour lui dire sèchement

— Arrête de m'appeler, de me laisser des

messages Ne me cherche pas. Je nerentrerai que lorsque j'en aurai envie. Tu me fatigues. Ne plus te voir, ça va me faire des vacances. A plus tard, peut être. Et il coupa la communication sans lui avoir laisse le temps de parler.

Isabel s'effondra, maudissant sa sœur.

* * * *

Vendredi 31 – Appartement d'Isabel

La semaine venait de s'écouler sans qu'Arnaud n'ait donné signe de vie. Isabel restait prostrée durant de longues heures, pelotonnée sur le divan, face à une télé qui débitait ses programmes sans qu'elle s'y intéresse. Cela faisait un fond sonore qui brisait le silence pesant de la pièce. Blottie sur son canapé, elle serrait contre elle le superbe pull en cachemire qu'elle lui avait offert et qui était imprégné de son odeur. Souvent elle s'endormait, la tête enfouie dans le lainage, épuisée par des nuits blanches passées à errer dans l'appartement, sursautant au moindre bruit sur le palier, à celui des portes de l'ascenseur qui se refermaient. Parfois, prise d'une rage folle, elle saisissait son portable :

– Je vais appeler le serrurier et faire changer les verrous ainsi il ne pourra plus rentrer. Il sera obligé de sonner pour que je lui ouvre.

Puis prise d'un doute ou de remord, elle refermait son appareil.

– Je ne peux pas lui faire ça. Il pourrait disparaître pour toujours. J'ai besoide le voir, de lui parler, de comprendre.

Elle se sentait blessée d'être traitée de la sorte par cet homme qu'elle aimait par dessus tout, pour qui elle se serait damnée.

Son instinct lui soufflait qu'il devait s'intéresser à une autre et elle en souffrait. Elle avait toujours su au fond d'elle, qu'un jour il partirait mais pas de cette façon, pas sans une explication.

Ces quelques jours se passèrent dans le brouillard total de ses sentiments. Elle n'arrivait plus à penser sereinement. Toutes ses émotions, les souvenirs de ces deux mois passés ensemble, refaisaient surface puis l'entraînaient au fond de l'abîme d'où elle ne voulait plus sortir. Elle se laissait noyer, emportée par la violence du courant.

— Mourir, là, maintenant. Ne plus souffrir,

La sonnerie de la porte d'entrée la tira de sa torpeur.

— C'est lui, se dit-elle, le cœur battant.

Pourquoi n'utilise-t-il pas ses clefs.

Elle se leva d'un bond pour aller ouvrir puis se ravisa. Elle devait être affreuse à voir.

— Une minute, cria-t-elle, j'arrive.

Elle se précipita dans la salle de bain, se passa de l'eau froide sur le visage puis un nuage de blush pour estomper un peu les cernes sous ses yeux.

Elle ouvrit la porte et se trouva face à Charlène.

— Ma chérie, que t'arrive-t-il ? Tu as été bien longue, remarqua-t- elle.

— Désolée, j'étais dans la salle de bain. Bonjour Chaton ! Qu'est-ce qui me vaut le plaisir de ta visite ? demanda Isabel surprise.

— Je voulais avoir de tes nouvelles. Cela fait un

bail que je ne te vois plus, que tu ne me téléphones plus. Serais-tu fâchée avec moi ?

– Bien sûr que non. Je rentre de Noirmoutier où j'ai passé ces quinze derniers jours avec ma famille. Je reprends le boulot lundi.

– Je croyais que tu filais le parfait amour avec Arnaud, enfin c'est ce qui se dit dans notre petit Landernau parisien.

– Eh bien oui. Tout va bien entre nous.

– Et où caches-tu ton bel hidalgo ? interrogea Charlène.

– Il est en déplacement en province pour la promotion de son livre. Il rentre normalement demain.

– Parfait. Donc tu es libre pour une virée entre filles ?

– Je ne sais pas trop. Je suis fatiguée, dit Isabel.

Je ne suis pas sûre d'être de bonne compagnie, mon chaton.

— Allez ! Fais un effort et sors de ton peignoir. Fais toi belle, je t'invite.

— *Après tout pourquoi pas. Lui ne doit pas se morfondre, pensa-t-elle. Secoue-toi ma vieille et arrête de pleurer sur ton sort.* Tu as raison, Chaton. Prendre l'air me fera du bien surtout que demain, je vais retrouver mon très cher directeur. Un peu de bon temps et je pourrais affronter la prochaine tempête. *Elles rirent toutes les deux.* Donne moi dix minutes et j'arrive.

* * * *

SEPTEMBRE 2018

* * * *

16

Lundi 3 septembre 2018

Ce matin, elle avait repris le chemin de la banque. Un peu angoissée de retrouver son directeur et ses réflexions désagréables. Elle était fatiguée, épuisée par ses nuits blanches, ses journées à tourner en rond dans l'appartement, à errer d'une pièce à l'autre comme une somnambule. Elle devait avoir une tête à faire peur et surtout à provoquer les sarcasmes d'Aurélien Darcourt qui ne manquerait pas de remarquer sa mine défaite et ses traits tirés. Elle l'entendait déjà :

— Bonjour Berthier. Passé de bonnes vacances ?

Vous avez une petite mine cece matin. Trop fait la fête sans doute ! Bon, il est temps de se remettre au travail.

Alors, elle avait soigné sa tenue, sa cifure, son maquillage. Pansements illusoires mais qui donneraient peut-être le changement face à l'adversaire. Elle avait rapidement salué ses colllègues, son directeur et s'était aussitôt enfermée dans son bureau où une pile de dossier l'attendait. Se mettre au travail et oublier, pour un temps ce grand vide qui lui brisait le cœur.

Elle repensa à son escapade avec Charlène. Elle avait parlé d'elle et d'Arnaud, de l'histoire qu'ils écrivaient jour après jour, de l'amour qu'elle avait découvert avec lui, dans ses bras. Elle rayonnait en l'évoquant même si une ombre de tristesse voilait son regard. Charlène ne s'en aperçut pas ou, par amitié, par délicatesse, feignit de ne rien voir. Pour quelques heures, elle avait sorti la disparition du jeune homme de sa tête. Parler de lui, lui avait fait du bien.

Seule dans son bureau, elle se penchait sur ses dossiers mais son esprit était ailleurs.

— *Arnaud est l'homme de ma vie. Je le sais depuis son premier regard. Je suis prête à tout lui pardonner. Où peut-il bien être ? Quinze jours de silence, aucune réponse à ses messages depuis celui où il lui avait intimé l'ordre de ne plus l'appeler ni de le chercher. Qu'ai-je fait pour qu'il agisse ainsi ? L'ai-je délaissé ? Me suis-je perdue dans le quotidien ronronnant, trop heureuse de l'avoir à moi ? Suis-je devenue cette ménagère de quarante ans plus popote qu'amante ? J'aimerais qu'il m'explique et je me remettrai en question.*

Elle prenait à son compte tout ce qui pouvait avoir provoqué ce changement. Elle était la seeule coupable, rien ne pouvait venir d'Arnaud. Un autre femme ? Elle n'y pensait même pas.

La journée se passa sans que son très cher directeurne lui fasse uneremarque. Que lui arrivait-il ? Il avait frappé à la porte du bureau avant d'entrer et demander l'avancement des dossiers, sans s'énerver.

Au final, la journée se déroula sans accrochage. Aurélien Darcourt avait remarqué sa mine triste et ses yeux où se reflétait une peine infinie. Il avait toujours cette attirance pour elle. Elle souffrait, il le sentait bien. D'ordinaire, il en aurait profité pour la provoquer et être désagréable mais aujourd'hui, il la trouvait vulnérable, fragile.

A la fermeture de l'agence, ils partirent chacun de leur côté mais lui s'arrêta et la regarda s'éloigner, les épaules voûtées, la démarche lente.

« Que s'est-il passé pour qu'elle soit si triste ? se demandait-il. La pauvre, elle semble anéantie.»

Il haussa les épaules et reprit son chemin.

* * * *

Isabel redoutait son retour à l'appartement. Elle avait pris l'habitude qu'Arnaud l'accueille avec, chaque soir, une surprise différente. Aujourd'hui, il n'y aurait personne derrière la porte avec une rose ou un simple baiser. Alors elle sillonna les rues de Paris, se laissa prendre dans les embouteillages, longea les quais de Seine puis finit par remonter vers son quartier. Elle passa au restaurant vietnamien en bas de sa rue, commanda des nems, des beignets de crevettes et un riz cantonnais. Elle n'avait aucune envie de cuisiner, elle ne savait même pas si elle mangerait.

La porte d'entrée tourna sur ses gonds et il lui sembla que quelque chose avait changé depuis ce matin. Une lumière brillait dans la cuisine.

Isabel redoutait son retour à l'appartement. Elle avait pris l'habitude qu'Arnaud l'accueille avec, chaque soir, une surprise différente. Aujourd'hui, il n'y aurait personne derrière la porte avec une rose ou un simple baiser. Alors elle sillonna les rues de Paris, se laissa prendre dans les embouteillages, longea les quais de Seine puis finit par remonter vers son quartier. Elle passa au restaurant vietnamien en bas de sa rue, commanda des nems, des beignets de crevettes et un riz cantonnais. Elle n'avait aucune envie de cuisiner, elle ne savait même pas si elle mangerait. La porte d'entrée tourna sur ses gonds et il lui sembla que quelque chose avait changé depuis ce matin. Une lumière brillait dans la cuisine.

J'ai oublié d'éteindre les spots en partant. Je suis bien distraite en ce moment.

Elle s'avança, posa son sac et son manteau sur le divan et se dirigea vers la cuisine pour y déposer son repas. C'est alors qu'une silhouette jaillit de derrière le frigo.

— Bonsoir, ma belle ! murmura cette voix qui la faisait vibrer.

— Arnaud ? C'est toi ? Tu es revenu ? Elle n'en croyait pas ses yeux. Oh ! Mon cœur, comme tu m'as manqué ! Elle riait et pleurait à la fois.

— Oui, ma douce ! Je suis de retour. Pardon si je t'ai causé du chagrin.

— Ce n'est rien puisque tu es là.

— Je vais t'expliquer...

— Plus tard, plus tard. Elle se jeta dans ses bras. C'est si bon de te voir, de t'entendre, de te toucher...

— Ouf ! soupira-t-il intérieurement. Il pensait

à une scène violente et une mise à la porte manu militari. Mon ascendant sur la dame est toujours d'actualité. Allez, jouons encore quelque temps le rôle du parfait amant.

Il la serra contre lui, lui prit les lèvres dans un baiser passionné et laissa ses mains courir sur son corps.

— Viens, lui souffla-t-il à l'oreille. Tu m'as

tellement manquée, j'ai souvent rêvé de ton corps, de nos ébats. Viens ! Je ne peux plus attendre. Et il l'entraîna dans la chambre où des bougies parfumaient l'atmosphère jetant des ombres mouvantes sur les murs.

Elle se laissa déshabiller, porter sur le lit. Elle avait perdu toute volonté. Elle aurait dû demander des explications, le repousser ! Mais trop heureuse de le retrouver, elle y avait renoncé et puis sans doute, n'avait-elle pas envie de savoir. Il était là, sur elle, en elle, la comblant de volupté, lui arrachant des soupirs puis des gémissements de plaisir. Il l'avait reconquise.

* * * *

La semaine qui suivit, fut une semaine toute de tendresse, d'attentions, de moments simples et légers partagés à deux. Elle avait fini par écouter ses explications.

— Tu sais, j'ai tellement été froissé par ce que m'a dit ta sœur que je n'ai pas pu rester sans réagir. Alors je lui ai débité tout ce qu'elle croyait avoir deviné de ma personnalité, de cette femme à qui elle imaginait que je parlais. J'ai dit des horreurs. Je me suis fâché et suis parti sans plus réfléchir. J'ai appelé un taxi qui m'a conduit jusqu'à la gare routière. De là j'ai pris un car pour Nantes.

— Elle m'a raconté tout ça et je lui ai dit de ne plus jamais se mêler de mes affaires. Je ne veux plus les revoir ni elle ni Bruno. Seuls les enfants me manquent. Mais tant pis. Je suis rentrée le même jour à Paris pensant te retrouver ici. Imagine mon angoisse en trouvant la maison vide. Tu ne répondais pas à mes appels et tu m'as même sèchement rembarrée la seule fois où tu as daigné le faire. Où étais-tu ?

— Dans ma maison de pêcheur, à Biganos. Je te l'avoue, il me fallait couper tous les ponts avec mon entourage, me ressourcer. Notre relation est allée si vite qu'il était impératif pour moi de faire le point et savoir si je désirais me lier à toi définitivement ou pas.

— Oh ! Mon cœur. Je ne te reproche rien. Je savais que tu reviendrais vers moi pour une explication quelle qu'elle soit. Nous sommes réunis de nouveau et notre amour est intact. Alors, laissons derrière nous ce passage. Il nous a permis de faire le bilan de notre vie en commun. N'en parlons plus.

Au fil des jours de ce mois de septembre très doux, leur cohabitation se fit moins fusionnelle. Il sembla à Isabel qu'Arnaud s'éloignait doucement. Il lui témoignait moins souvent son envie d'elle, parfois il devenait presque brutal, la chevauchant comme s'il livrait une bataille, oubliant son plaisir à elle. Ces joutes terminées, il s'effondrait à ses côtés et s'endormait presque aussitôt. Elle restait alors de longues heures éveillée, écoutant sa respiration qui doucement s'apaisait.

De plus en plus souvent, il sortait le soir. Il ne lui donnait aucune explication. Elle n'en demandait pas, trop peur de sa réaction. Elle se couchait mais ne dormait pas attendant son retour. Il rentrait après minuit, se déplaçait sans bruit pour ne pas la réveiller, se dévêtait dans la salle de bain. Il se glissait sous les draps le plus lentement possible et s'installait au bord du lit pour ne pas la toucher. Il sombrait très vite dans le sommeil. Immobile à ses côtés, elle respirait ce parfum de femme qui se mêlait au sien. Parfois, elle pleurait en silence. Chaque fois elle se disait qu'elle exigerait des réponses à ses questions mais y renonçait toujours. Elle était de nouveau malheureuse et lui ne voyait rien ou ne voulait rien voir.

Il y avait aussi ces coups de fil, tous les jours vers dix-huit heures. Son téléphone sonnait, il s'isolait sur la terrasse ou dans son bureau, discutait cinq minutes et raccrochait. C'était toujours ou son éditeur, ou son imprimeur, quelquefois la secrétaire, pour son bouquin. Elle feignait de le croire.

Et puis il y eut cette annonce d'un déplacement à Deauville

– Je vais à Deauville ce week-end pour faire la

la promotion de mon livre dans deux librairies de la ville, avait-il annoncé. Je serai absent de vendredi à dimanche.

– C'est magnifique. Quand partons-nous ?

demanda Isabel. Un week-end à Deauville en amoureux, quel bonheur se sera.

– Impossible que tu m'accompagnes. Tu

t'ennuierais. Je serai pris toute la journée, entre la vente du livre, les dédicaces, les cocktails et les repas qui suivront, je n'aurai pas de temps à te consacrer.

– Dommage ! J'aurais tellement aimé être avec

toi, dit-elle timidement. *A la façon dont il avait prononcé sa phrase, elle avait compris qu'il était inutile d'insister.* Tant pis ! Je vais en profiter pour faire du rangement et peut être faire une ballade avec Charlène. Une visite à Orsay ou au musée des Arts Premiers.

– Excellente idée, ma douce. Le temps sera

moins long et vous pourrez dire des horreurs sur

moi.

– Tu peux en être certain, dit-elle en souriant. paraîtra moins long et vous pourrez dire des Tes oreilles vont siffler.

– Je crains le pire. A son tour, il souriait.

Il s'était radouci et sa voix avait retrouvé ses inflexions caressantes. Il l'embrassa tendrement.

– *Je sais que tu me mens, disait son cœur. Ton attitude te trahit. Tu vas rejoindre une autre femme. J'en aurai le cœur net. Je veux en finir avec ta double vie. Je ne veux plus être la seconde dans ton univers. Il te faudra choisir.*

Elle le regardait terminer son sac. Il posa un baiser léger sur sa bouche.

– Veux-tu que je te conduise à la gare ? demanda Isabel.

– Non, j'ai demandé un taxi qui sera là dans quelques minutes.

– Bien ! J'espère que ton week-end sera fructueux.

– Je l'espère aussi. A dimanche soir, dit Arnaud et il partit son sac sur l'épaule.

Sur le palier, Isabel attendit qu'il soit dans l'ascenseur, récupéra sa veste et son sac et sortit à son tour. Elle prit l'escalier et quitta l'immeuble par la porte arrière Elle rejoignit sa voiture garée dans la rue juste comme le taxi sortait de la résidence. La filature commença. La voiture prit la direction l'avenue de la Grande Armée et s'arrêta devant le numéro 134. Le jeune homme en descendait quand la porte s'ouvrit sur une femme magnifique. Arnaud la prit dans ses bras et ils échangèrent un long baiser. Ils entrèrent dans le bâtiment et disparurent.

Prostrée dans sa voiture, Isabel attendit un moment, se disant qu'ils allaient peut-être ressortir mais il n'en fut rien.

— *Tu voulais savoir, confirmer tes soupçons, se dit-elle.elle. Te voilà fixée. Il t'a remplacée. Il va te falloir le sortir de ta vie.*

Elle rentra à l'appartement et se mit en quête de trouver des indices. Elle ouvrit l'ordinateur mais cette fois, il était verrouillé. Elle essaya plusieurs combinaisons sans succès. Elle rechercha dans ses papiers, espérant qu'il l'aurait notée quelque part. Rien. Elle avait tout imaginé: sa date de naissance, le prénom de ses parents, son prénom à elle collé au sien, bref tout pour aucun résultat. Elle allait abandonner quand lui revint en mémoire le nom du petit village de pêcheurs où il avait sa maison-refuge. Bingo ! C'était le bon code.

Le fichier livre était praiquement vide. Il avait écrit une dizaine de pages. Elle ouvrit sa boîte mail et fit défiler les messages. Elle en découvrit quelques-uns très, très bizarres. Le dernier reçu ce jeudi disait de façon menaçante.

« Il est temps pour toi de rembourser ta dette. Elle augmente jour après jour et tu ne nous as rien versé malgré tes promesses. Ceci est donc un dernier avertissement avant que nous n'agissions et tu sais ce que cela signifie. Tu as jusqu'à fin octobre pour t'en acquitter sinon...»

Cette menace était sérieuse. A qui devait-il de l'argent et pourquoi ? Un bookmaker ? Mais à quoi jouait-il ? Au poker, aux courses ? Elle avait peur maintenant parce qu'elle savait que ces gens sont sans pitié.

* * * *

OCTOBRE 2018

* * * * *

17

Octobre 2018

Au retour de son prétendu week-end à Deauville, Arnaud s'était montré de plus en plus distant. Il découchait presque tous les soirs ne rentrant qu'au petit matin, sans une explication. Isabel lui tendait souvent la perche pour qu'il s'explique mais il faisait semblant de ne pas entendre ou comprendre ses allusions.

— Pourquoi reste-t-il avec moi, s'il en aime une

autre ? se demandait-elle. Peut-être est-elle mariée ? Pas encore divorcée ? Je ne vais pas pouvoir supporter cette situation très longtemps.

Pourtant, elle l'acceptait parce qu'elle n'arrivait pas à se soustraire de l'emprise qu'il avait sur elle.

Plutôt fermer les yeux que de ne plus l'avoir près d'elle.

— Je mourrai le jour où il me quittera pour toujours, se disait-elle. Je nepourrais pas vivre sans lui.

* * * *

Lundi 15 – 18h – Appartement d'Isabel.

Sa journée terminée, Isabel regagna son appartement. Elle était inquiète parce qu'Arnaud n'était pas rentré du week-end. Des images terribles défilaient dans sa tête. Et si ses créanciers avaient mis leurs menaces à exécution ? S'ils l'avaient fait disparaître ? Cette incertitude était terrible. Elle préférait encore le savoir dans les bras d'une autre que mort dans un fossé ou au fond d'une décharge.

Elle ouvrit la porte et l'aperçut prostré sur le divan. Il était dans un piteux état : une lèvre fendue, un œil qui tournait au violet, ses vêtements sales et la chemise déchirée.

— Mon dieu, Arnaud ? Que t'est-il arrivé ? Qui t'a mis dans cet état et pourquoi ? Elle posait la question mais connaissait déjà la réponse.

— Des gens à qui je dois de l'argent.

— Tu dois de l'argent ? Mais pourquoi ? Je t'ai toujours donné tout ce dont tu avais besoin.

— Parce que je joue.

— Tu joues ? A quoi joues-tu ?

— Aux courses de chevaux, au poker aussi. Et depuis quelques semaines, je perds tout le temps. Si je ne les rembourse pas d'ici la fin du mois, ils me tueront.

— Et tu leur dois beaucoup ?

— Cinquante mille euros.

– Mon dieu ! C'est de la folie. Comment as-tu pu en arriver là ? Où vas-tu trouver cette somme ? demanda-t-elle effondrée.

– Je n'en sais rien. J'espérais que tu aurais une solution à me proposer.

– Mais, Arnaud, je n'ai plus une telle somme. J'ai vidé mon compte épargne, mon assurance vie. Je t'ai tout donné pour te permettre de vivre comme tu aimes. Je n'ai plus rien.

– Alors tant pis pour moi. Je vais essayer de partir vers d'autres cieux mais je sais qu'ils me retrouveront où que j'aille. Il se leva et se dirigea vers la porte d'entrée. Adieu ma douce ! Nous avons eu de bons moments.

– Attends ! Elle le retint par la main. Donne-moi deux jours et je vais peut-être trouver une solution.

– Je savais que s'il en existait une, elle viendrait de toi. Merci, mille fois merci. Tu es mon sauveur.

– Je t'aime, c'est tout.

Il la serra contre lui, étreinte qui lui arracha une grimace de souffrance. Elle s'en aperçut et l'entraîna dans la salle de bain.

– Viens là que je soigne toutes ces vilaines choses. Demain tu resteras tranquillement à la maison pour te reposer.

– Merci encore de ta gentillesse. Tu es un amour.

Quelques douceurs pour la conforter dans son projet de l'aider.

* * * *

18

Jeudi 25 – 18h - Agence de la BNP

— N'oubliez pas que demain matin nous recevons l'argent destiné aux ouvriers du chantier, lui avait dit le directeur au moment où ils quittaient l'agence

— Soyez sans inquiétude, je serai là ! Il ne m'arrive jamais d'être en retard.

— En retard non, mais je trouve que vous demandez souvent un jour ou deux de RTT. Que faites-vous donc de vos week-end prolongés ? lui demanda-t-il.

— En quoi cela vous regarde-t-il ?

— En rien. Mais cela devient pénible.

Sans se donner la peine de lui répondre, elle lui souhaita le bonsoir et lui tourna le dos pour rejoindre sa voiture. Il lui tapait de plus en plus sur les nerfs.

Ce soir, elle était particulièrement agacée et soucieuse. Elle repensait à la demande d'Arnaud. Il avait besoin de cinquante mille euros pour régler sa dette de jeu ou il risquait de perdre la vie. Où trouver cet argent ? Elle avait déjà vidé son livret d'épargne, racheté les fonds de son assurance vie. Prendre une hypothèque sur son appartement, elle pourrait mais l'argent qu'elle en retirerait ne serait pas suffisant. Pourtant, il lui fallait impérativement trouver cette somme avant de perdre définitivement son bel amour. Soudain elle repensa à la phrase de son beau frère.

«Donc si je comprends bien, avait-il dit sur le ton de la plaisanterie, si on voulait faire un hold-up, c'est à toi qu'il faudrait qu'on s'adresse ! ».

Une petite lumière venait de s'allumer dans sa tête. Elle allait creuser cette idée, voir comment réaliser le hold up et faire retomber les soupçons sur son infâme directeur. Elle ferait d'une pierre deux coups.

* * * *

Vendredi 26 - matin

Il était 10 heures précises lorsque le fourgon blindé de la Brinks se gara devant l'agence de la BNP. La porte latérale coulissa et deux hommes descendirent du véhicule, la main posée sur l'arme qui pendait à leur ceinturon. Ils se postèrent de chaque côté de la porte, le chauffeur était resté au volant, moteur en marche. Un quatrième convoyeur sortit. Chargé de quatre sacs, il se dirigea vers la banque, escorté d'un collègue armé. Isabel les attendait dans le sas d'entrée.

Les fonds furent déposés sur un chariot, elle signa le bon de réception après avoir vérifié le contenu des sacoches avec le transporteur. Les quatre hommes remontèrent dans le véhicule blindé qui démarra aussitôt. L'opération n'avait duré que quelques minutes.

Bloquant provisoirement l'entrée de l'agence, Isabelle demanda au jeune stagiaire attaché à l'établissement, de pousser le chariot jusqu'à la chambre forte. Chose faite, elle déverrouilla le sas et appela le directeur.

– Monsieur, ouverture de la chambre forte, s'il vous plaît.

Clef en mains, Aurélien Darcourt s'avança vers elle :

– À vous, dit-il

Chacun d'eux plaça sa clef dans son emplacement, le directeur composa un code sur le clavier et débloqua le lourd battant. La porte déverrouillée, Isabelle poussa le chariot à l'intérieur de la salle, vida l'argent dans un container, récupéra les sacs pour les rendre aux convoyeurs. Elle retira ensuite les emballages des différentes liasses de billets qu'elle jeta dans un sac poubelle noir. Elle commença la mise en place sur une étagère, de l'argent en le classant par valeur. Tournant le dos à la caméra disposée dans la chambre forte, elle remplit un second sac poubelle de liasses de cinq cents euros, les recouvrit de quelques sachets. Elle prit soin de laisser en façade, une rangée de coupures bien serrée qui masquait l'arrière de l'étagère. De nouveau, elle composa le numéro du directeur.

– Monsieur, j'ai terminé, fermeture du coffre, s'il vous plaît.

Ils répétèrent l'opération. Aurélien Darcourt referma la chambre forte et repartit vers son bureau. Isabel regagna le sien sans qu'ils n'échangent un mot.

La journée se déroula normalement. A la fermeture, elle récupéra les caisses après les avoir contrôlées, les plaça sur un chariot et commanda le déblocage du sas pour laisser sortir les employés. De nouveau elle appela son chef pour l'ouverture du coffre. Seule à l'intérieur, elle rangea les caisses, sortit le sac de la poubelle qu'elle ferma par un lien jaune. Sac à la main, elle sollicita la fermeture de la chambre forte. Elle se rendit dans son bureau, rangea ses dossiers et récupéra ses affaires. Comme tous les soirs, elle se dirigea vers le local technique, jeta le sac poubelle dans le container et attendit dans le hall. Darcourt et Isabel sortirent ensemble. Le directeur ferma l'agence et fit descendre la grille. Ils se souhaitèrent une bonne fin de semaine, se donnant rendez-vous Lundi et s'éloignèrent dans des directions opposées.

* * * *

Vendredi 26 - 18h

La voiture de la société de nettoyage arriva comme chaque soir à dix-neuf heures. La technicienne de surface en descendit, ouvrit le local technique. Elle vida toutes les poubelles de l'agence et sortit le container. Elle regagna l'intérieur de la banque et fit signe au chauffeur qui avait attendu, que tout allait bien. Casque sur les oreilles, elle commença son service en chantonnant

Il faisait sombre, le ciel était chargé de gros nuages noirs, lourds d'une pluie qui ne tarderait à tomber. Une femme sortit de l'immeuble voisin de l'agence. Vêtue d'un jogging, une paire de baskets aux pieds, un sac de sport coincé sur son épaule, elle avait un sac poubelle à la main. Elle le déposa dans le container de la banque, recala son grand sac puis s'éloigna. Cent mètres plus bas, elle s'installa au volant d'une voiture rouge et démarra aussitôt.

« Elle ne manque pas d'air, celle-là, pensa l'employée au ménage qui l'avait vue faire. Encore une feignasse ! Plus facile que de descendre dans sa cave. »

Elle l'observa un moment puis reprit son travail.

Le plan d'Isabel s'était déroulé sans anicroches. Elle allait pouvoir aider Arnaud et se venger de son tyran de directeur.

Dans sa voiture, elle fredonnait gaiement. Tout s'était déroulé dans le moindre souci. Sa vengeance était en marche.

* * * *

Lundi 29 – 9h 30

Aujourd'hui elle mettrait la touche finale au scénario qu'elle avait élaboré.

« *La vengeance est un plat qui se mange froid. Lundi matin, je m'arrange pour être en retard de dix minutes, panne d'oreiller ou problème de bus. Je téléphone à l'abruti de Darcourt pour qu'il sorte les trois caisses à ma place ainsi que le sac poubelle que j'ai oublié dans le coffre fort. Je l'appelle sur son téléphone de bureau et comme il sera en train de saluer les collègues, il ne pourra pas me répondre. Pour la chambre forte, vu que ce sera juste avant l'ouverture de l'agence, il n'aura pas le temps de contrôler quoi que ce soit. Ainsi il aura été le seul à y pénétrer ce lundi matin.* »

À son arrivée, elle s'excusa auprès d'Aurélien

– J'ai voulu prendre le bus ce matin. Très mauvaise idée, il y avait des bouchons partout suite à un accrochage sur le boulevard, expliqua-telle. Je suis désolée de vous avoir dérangé.

Il ne lui fit aucune remarque mais son état d'énervement en disait long.

– Vous vous souvenez que le comptable de la société Ayrbel vient récupérer son argent cet après midi. Soyez à l'heure ! Le ton était sec et tranchant. Il tourna les talons et s'enferma dans son bureau.

Il avait sorti les caisses et prit le sac en plastique qu'il avait jeté dans sa propre poubelle, peu habitué qu'il était à le déposer dans le container. Lui, le directeur obligé de jeter un sac-poubelle ! Quelle affront !

Vers 10h, comme tous les jours, il quitta l'agence et sortit. Il se rendait au café du coin faire une pause devant une pression fraîche et mousseuse. Isabelle en profita pour se rendre dans son bureau, des bordereaux à la main. Rapidement, elle sortit de sa poche un billet de cinq cent euros qu'elle plaça dans le sac déposé dans la corbeille à papiers. Elle coupa la camera de la chambre forte, supprima la partie filmée du jour. Elle essuya les manettes, effaça son message du matin du téléphone du bureau et sortit.

Un sourire satisfait étirait les coins de sa bouche. Il ne restait plus qu'à attendre la suite...

* * * *

Lundi 29 – 15h

Le comptable de la Société Ayrbel se présenta à la banque à l'heure prévue muni une mallette et accompagné d'un vigile. Le rituel de l'ouverture de la chambre forte se déroula selon le cérémonial habituel. Isabel, le directeur et le comptable y entrèrent tandis que le garde se plaçait devant la porte.

Isabel commença à remplir la mallette sous l'œil attentif du comptable lorsqu'elle s'aperçut qu'il manquait une rangée de billets de cinq cents euros.

– Monsieur, il manque de l'argent, s'écria-t-elle

– Il manque de l'argent !

– Comment est-ce possible ? C'est vous-même qui l'avait rangé !

– C'est bien pour ça que je vois qu'il en manque, répondit Isabel.

Sidéré, le directeur restait sans voix. Un casse dans son agence, sans effraction, sans prise d'otages, comment l'expliquer. Se ressaisissant, il appela la police. L'inspecteur à qui il exposa la situation, lui demanda de ne plus toucher à rien, de ne pas sortir de la chambre forte et de faire fermer l'agence au public pour le reste de l'après midi. Ils arrivèrent rapidement, toutes sirènes hurlantes; la police scientifique les accompagnait. Le commissaire se rendit dans la chambre forte .

* * * *

19

La police enquête.

— Commissaire Alex Pollet, lieutenants Léo Bianchi et Pascal Castera, dit-il en présentant son équipe

— Aurélien Darcourt, directeur de l'agence, Mademoiselle Berthier, mon adjointe.

— Vous m'avez dit avoir été victime d'un hold up, dit-il. Expliquez-moi.

— Vendredi, à dix heures, j'ai réceptionné l'argent destiné à la Société Ayrbel. Le directeur et moi avons vérifié l'exactitude de la somme puis j'ai rangé cet argent sur l'étagère prévue à cet effet. C'est Isabel qui parlait.

— Ensuite qu'avez-vous fait ?

— J'ai rangé les sacs en toile pour les rendre à la poubelle les emballages des liasses. A l'heure de la fermeture après avoir rangé les caisses de mes collègues, j'ai sorti le sac poubelle du coffre et je l'ai jeté comme d'habitude, dans le container placé dans le local technique. Depuis je ne suis rentrée dans la salle que cet après-midi avec Monsieur - elle désignait le comptable de la société, - et monsieur le Directeur.

S'adressant au directeur, le commissaire lui posa la même question.

— Et vous, quand êtes-vous rentré dans la chambre forte pour la dernière fois ?

— Ce matin. J'ai dû remplacer Mademoiselle Berthier et remettre les caisses à ses collègues, je suis donc rentré dans le coffre.

— Vous êtes donc le premier et le seul à y avoir eu accès aujourd'hui?

— C'est exact ! répondit Darcourt qui sentit un frisson parcourir son échine. Il va m'accuser, pensait-il.

- Pourquoi dites-vous que vous avez remplacé Mademoiselle Berthier ?

- C'est elle qui a la responsabilité de ce travail. Ce matin, elle m'a prévenu qu'elle serait en retard et m'a demandé de m'en charger, ce que j'ai fait.

- Que s'est-il passé pour que vous soyez en retard, demanda le policier en s'adressant à Isabel

- J'avais choisi de prendre le bus plutôt que ma voiture et vous connaissez la circulation à ces heures. J'avais anticipé le problème mais pas celui d'un accrochage. J'ai donc appelé M. Darcourt pour le prévenir et lui demander de sortir les caisses. Je suis arrivée un quart d'heure plus tard.

- Elle m'a aussi demandé de sortir un sac poubelle qu'elle avait oublié vendredi soir.

- Je vous ai juste demandé de sortir les caisses, j'avais sorti le sachet vendredi soir.

- Vous vous moquez de moi ! s'écria Darcourt

- Non ! Isabel jubilait mais n'en laissait rien paraître.

- Pauvre folle ! Vous mentez ! D'ailleurs il y a le message sur mon répondeur. Nous verrons bien qui dit la vérité

Le commissaire les fit taire.

- Vous réglerez vous comptes plus tard. Dites-moi où se trouve le sac, objet de votre querelle ?

- Dans la corbeille à papiers de mon bureau. Je pensais le jeter en partant.

Il appela les inspecteurs qui l'accompagnaient.

- Pascal, prends le nom, l'adresse et le numéro de téléphone des employés. Ensuite tu les laisseras partir. Nous les convoquerons plus tard. Léo, tu viens avec moi.

S'adressant aux deux policiers présents, il leur demanda de se placer à l'extérieur devant la porte de l'agence.

- Bien, allons dans votre bureau.

- Par ici, dit Aurélien Darcourt. Vous pourrez aussi voir les images des caméras.

- Parfait ! J'allais vous demander de pouvoir visionner les enregistrements. Léo, tu t'en occupes.

– D'accord.

Tous deux enfilèrent des gants et pénétrèrent dans la pièce. Le commissaire saisit le sac poubelle et le vida sur le sol. Il contenait des bracelets de différentes couleurs.

– Tiens ! Tiens ! Quelle surprise, dit-il en brandissant un billet de cinq cent euros tout neuf. En voilà un qui a dû s'échapper. Pouvez-vous m'expliquer sa présence au fond de ce sac ? demanda le commissaire.

– Je n'en sais rien ! s'exclama Darcourt. Il était blême et tremblait de tous ses membres.

– Léo, interrogea-t-il, où en es-tu de la vidéo de surveillance ?

– La caméra de la salle forte est coupée. Donc pas d'enregistrement pour ce lundi. Pour le reste, je vais récupérer les bandes pour les regarder avec plus d'attention mais pour l'instant rien de suspect.

– Encore un souci, Monsieur le directeur. Qui s'occupe de ce matériel ?

– Moi ! répondit-il.

– En avez-vous d'autres comme celui-ci ? interrogea Alex Pollet.

– Non, uniquement celui de mon bureau.

– Si je comprends bien, vous seul pouvez le contrôler et je suppose qu'il vous permet aussi de surveiller vos employés.

Darcourt baissait les yeux,

– Je vois que vous avez une grande confiance en eux. Léo, tu me vérifies aussi les messages de Monsieur. sur son fixe. Essaie de trouver celui de ce matin. Nous verrons pour le portable plus tard.

L'inspecteur se saisit du combiné, écouta les messages.

– Aucun message ce matin. Le dernier date de vendredi. Un appel de la Société Ayrbel confirmant la venue du comptable cet après-midi.

– Qu'avez-vous à dire ? demanda le commissaire. Pas de caméra, pas de message et un billet de cinq cents euros dans le sac provenant de la chambre forte.

– Je ne peux rien expliquer sauf que ce n'est pas moi.

– Bon ! Monsieur Darcourt. Nous sommes le lundi 15 octobre 2018, il est seize heures, je vous place en garde à vue. Embarquez-le mais sans les pinces. Vous n'allez pas vous enfuir, n'est ce pas ?

Le directeur le fixa d'un regard incrédule et angoissé. Tétanisé, ne pouvant émettre aucun son, il acquiesça d'un hochement de tête. Il sortait encadré par les policiers quand il se trouva face à Isabel. Son agressivité envers la jeune femme reprit le dessus:

– Et toi, vieille folle, tu vas t'en tirer à bon compte. Pourtant je suis certain que c'est toi qui a tout manigancé, tout organisé. Tu dois être satisfaite, tu vas pouvoir prendre ma place.

– Inutile d'ajouter la grossièreté à votre cas. Allez, emmenez-le, dit le commissaire. Quant à vous, Mademoiselle Berthier, je n'en ai pas fini avec vous. Nous allons fouiller votre bureau puis nous irons chez vous pour une perquisition.

— Et pas chez lui, dit-elle en désignant Aurélien Darcourt d'un signe de tête.

— Plus tard, il ne risque pas de faire disparaître des indices, vous oui.

— Vous me soupçonnez ?

— Et pourquoi pas ? Vous avez eu vous aussi, la possibilité de vous servir. En attendant Je vous demande de prévenir votre hiérarchie de ce qui vient de se passer.

— Pourrons-nous rouvrir l'agence demain ? demanda-t-elle

— Pour nous, c'est bon. A vos supérieurs de décider.

Pendant que les policiers fouillaient son bureau, elle appela la direction générale, expliqua le problème, demanda ce qu'elle devait faire pour la société Ayrbel et pour l'agence.

— Si vous avez assez de liquidités pour compléter la somme manquante, faîtes-le. Pour l'agence, vous en prendrez la direction provisoirement et vous pouvez rouvrir dès demain. J'enverrai quelqu'un pour juger de la situation et prendre une décision définitive.

Elle raccrocha. Intérieurement elle exultait ! Elle avait réussi son coup et obtenait enfin ce poste tant convoité. Elle remit la somme prévue au comptable qui, tétanisé, n'avait pas bougé depuis le début de cette mésaventure. A son tour elle suivit le commissaire pour la fouille de son appartement. Elle était sereine sachant pertinemment qu'ils ne trouveraient rien.

La perquisition s'étant avérée infructueuse, le commissaire et ses adjoints quittèrent les lieux. Elle s'appuya contre la porte fermée n'osant laisser exploser sa joie de peur qu'ils ne l'entendent.

Assise à même le sol, contre la porte d'entrée, Isabel se repassait le film du triste week-end qui l'avait vue devenir une voleuse.

* * * *

Vendredi 26 – 19h – Chez Isabel – Après le hold up

Vendredi soir, satisfaite de la réussite de son hold up, elle avait regagné l'appartement où l'attendait Arnaud. Elle lui avait remis le sac contenant l'argent. Il s'en était saisi et avait quitté la maison en lui disant

– Je ne rentrerai pas de la nuit, inutile de m'attendre.

– Où vas-tu ? s'enquit-elle en le voyant habillé élégamment - Il avait revêtu le dernier smoking hors de prix qu'elle venait de lui offrir.

– A un banquet auquel tu n'es pas conviée, lui avait-il rétorqué, l'air méprisant. Inutile de m'appeler, je ne répondrai pas ! Et il s'en était allé sans aucune autre explication.

Isabel pétrifiée, ne put émettre un seul mot. Il avait disparu sur un claquement de porte. Elle s'était effondrée sur le divan et ses larmes avait coulé. Combien de temps s'écoula-t-il ? Elle ne pouvait le dire. Le froid l'avait faite réagir. Ses craintes se faisaient devenaient certitudes. Il ne l'aimait plus, ne voulait plus d'elle et la rejetait sans ménagement, comme on jette un vêtement qui a trop servi et dont on se débarrasse. Qu'avait-elle fait pour lui déplaire ? Elle se mit en boule sur le divan, secouée de sanglots. Elle ne s'endormit qu'au petit matin. Elle l'appela plusieurs fois, il ne répondait jamais. Quand enfin il le fit, son ton fut dur et agressif.

– Qu'est ce que tu veux encore ? gronda-t-il.

– Je voulais juste savoir si tout va bien et quand tu rentres à la maison

– Jamais, avait-il annoncé. Toi et moi, c'est terminé. Je ne reviendrai plus. Et maintenant tu cesses de me téléphoner, tu me déranges.

– Tu ne peux pas me rejeter après les merveilleux moments que nous avons vécus ensemble, cet amour que nous éprouvions l'un pour l'autre...

– Pour toi sans doute mais pas pour moi. Oh ! Et puis tu m'ennuies. Et il avait raccroché.

C'en était trop. Elle allait lui montrer qu'on ne la quitte pas de cette façon. Elle se dirigea vers le dressing. Elle mettrait toutes ses affaires dans des cartons et les lui déposerait sur le paillasson. Elle alluma la pièce et constata avec stupéfaction qu'il avait pris les devants. Plus de vêtements, plus de chaussures, plus d'affaires de toilette, tout avait été enlevé. Dans le bureau le vide avait été fait aussi : plus de livres ni de tableaux. Tout avait disparu. Il avait même embarqué l'ordinateur et la belle lampe qu'elle avait achetés pour lui. Elle fit le tour de toutes les pièces mais plus rien de lui ne subsistait. Le vide, le néant comme si cet homme n'avait jamais existé. Ce fut la goutte de trop dans son vase noyé de pleurs, elle s'effondra.

— Nina avait raison. Cet homme est un manipulateur, un voleur de cœur mais surtout un escroc qui a profité de l'amour que j'éprouvais pour lui pour vivre à mes crochets. Folle que j'ai été mais tu seras puni pour tout le mal que tu me fais, menaça-t-elle.

Elle avait réussi à faire accuser le directeur, elle saurait se venger de lui. Sa douleur se transformait en haine. Elle mit à profit son week-end pour retransformer la pièce qu'elle avait aménagée pour lui. Elle changea le bureau de place, garnit la bibliothèque de ses livres, y plaça ses bibelots. Près de la baie vitrée, elle regroupa toutes les plantes vertes qui formèrent un buisson harmonieux. Elle raccrocha aux murs ses tableaux et ses photos. Elle termina son agencement en installant le confortable fauteuil près de la bibliothèque ainsi qu'un petit guéridon sur lequel elle posa une jolie plante fleurie.

– Quelle femme stupide j'ai été. Plus jamais je ne tomberai dans ce genre de piège. L'amour, terminé pour moi. Quand je pense que je me suis fâchée avec Nina à cause de lui. Pourra-t-elle me pardonner ? Vais-je pouvoir me sortir sans problème de ce guêpier?

* * * *

De retour au commissariat, Alex Pollet se rendit en salle d'interrogatoire, Aurélien Darcourt s'y trouvait déjà. Affalé sur sa chaise et ne comprenant rien à ce qui lui arrivait, il était perdu, angoissé. Le ciel venait de lui tomber sur la tête.

— Monsieur Darcourt, dit le commissaire, nous allons tout reprendre depuis le début. Recommencez votre récit sans oublier aucun détails.

— Je vous ai tout dit, tout expliqué. Je ne vois pas ce que je pourrais vous raconter de plus.

— Vous ne pouvez expliquer ni le billet de cinq cents euros, ni ce message qui n'existe pas, ni la caméra coupée ?

— Non, rien de plus sinon que ce n'est pas moi, je n'ai rien volé.

— Alors qui a pu faire le coup. Vous n'êtes que deux à y avoir accès à la chambre forte et les seuls a y être rentrés.

— Isabel Berthier. Elle aurait pu voler cet argent vendredi soir et mettre en scène toute la suite.

— Qui peut entrer dans votre bureau lorsque vous êtes absent ?

— Encore elle ! C'est une vengeance ! Vous savez, elle ne me porte pas trop dans son cœur.

— En effet, certains de vos employés nous ont raconté vos prises de bec parfois assez violentes ? Pourquoi cette animosité entre vous ?

— Elle pensait être nommée directrice de l'agence lorsque le précédent directeur, avec qui elle a travaillé et grâce à qui elle a gravi les échelons, a pris sa retraite. Imaginez sa déception !

— J'imagine et je peux comprendre son comportement envers vous ; mais vous, pourquoi cet acharnement ?

— J'ai été attiré par cette femme dès notre première rencontre. J'ai été maladroit en lui déclarant ce désir qu'elle avait soulevé en moi. Elle a cru à une promotion canapé et m'a remis à ma place de façon brutale et humiliante

— Je vois ! Dites-moi encore une chose. Vous êtes vous absenté de votre bureau lundi matin ?

— Oui, comme tous les jours. Vers dix heures, je vais au bar, au bout de la rue, prendre un café ou une bière. Vous pouvez vérifier.

— Ce sera fait. Nous allons nous arrêter pour ce soir, nous reprendrons demain matin. Profitez de la nuit pour réfléchir, sait-on jamais quelques souvenirs pourraient vous revenir. Les moindres détails sont des alliés précieux pour nous. Bonne nuit, Monsieur Darcourt.

Tandis qu'un policier ramenait le directeur dans sa cellule, le commissaire Alex Pollet rejoignit ses adjoints, Léo et Pascal qui avaient suivi l'interrogatoire derrière la vitre sans tain.

— Alors, demanda-t-il. Qu'en pensez-vous ?

— Je doute de sa culpabilité, dit Léo

— Moi aussi, renchérit Pascal. Cet homme me

semble trop perdu, trop angoissé. Je ne pense pas qu'il ait la carrure nécessaire à l'élaboration d'un coup pareil. Et puis dans quel but ? Faire accuser son adjointe ?

— Tu as raison et d'ailleurs ce scénario marche pour l'un comme pour l'autre. Bon, on arrête pour ce soir. Léo, demain tu épluches tous ses comptes, tu fouilles dans son portable et tu me sors tout son pedigree. Pascal et moi nous nous chargerons de la perquise à son domicile. Bonne soirée, les gars

* * * *

Mardi 30 – 9h – Au commissariat

— Bonjour, Monsieur Darcourt, dit Alex Pollet. Nous allons nous rendre à votre domicile pour la perquisition, en lui offrant un café.

Le commissaire et son adjoint Pascal Castéra, accompagnés de deux policiers et d'Aurélien

Darcourt se rendirent à l'appartement du directeur. Situé dans un petit immeuble cossu, il était impeccablement tenu.

– Vous possédez un très bel endroit, remarqua le commissaire.

– Il appartenait à mes grands-parents qui m'en avaient fait donation. A leur mort, je m'y suis installé. Commissaire, demanda Aurélien, m'autorisez-vous à me changer ? J'ai dormi tout habillé, j'aimerais mettre des vêtements propres.

– Bien sûr. Accompagne-le, dit-il à un policier et reste devant la porte.

– Ne vous inquiétez pas, je ne vais pas sauter du quatrième étage, plaisanta Aurélien.

La fouille ne donna rien. Rafraîchi et vêtu de vêtements propres, le directeur revenait.

– Avez-vous un coffre fort, s'enquit Alex Pollet.

– Oui, un petit coffre mural. Il est dans le dressing.

– Conduisez-nous et ouvrez-le, s'il vous plaît.

Aurélien composa le code et l'ouvrit. Pascal en sortit une liasse de billets et un registre.

— Mille euros ! Belle somme, fit remarquer le commandant.

— J'ai toujours cette somme à la maison pour parer à tout imprévu.

— Nous comparerons avec les numéros de série. il glissa l'argent dans un sachet que lui tendait un agent.

— Et ceci c'est quoi, demanda-t-il en montrant le carnet.

— C'est mon livre de comptes. J'y consigne toutes mes dépenses.

— Pas trop moderne comme pratique surtout pour un directeur de banque, ironisa le commissaire.

— J'aime bien. C'est une vieille habitude juste pour conserver un peu d'humanité.

Les policiers prirent son ordinateur et le registre. La perquisition n'ayant rien donné, Aurélien Darcourt se sentit un peu plus serein. Il était persuadé que la police finirait par le disculper.

De retour au commissariat, le commandant écouta Léo lui faire le compte rendu de ses recherches.

– Son compte ou plutôt ses comptes, sont nickels et avec ce qu'il possède, l'idée qu'il soit le voleur est tout à fait grotesque.

– Il ne nous reste plus que son adjointe. Tu vas me dresser un portrait de la dame et éplucher ses comptes.

– Ok ! Je m'y mets.

– Moi, je vais voir si ce monsieur a retrouvé quelques souvenirs durant sa nuit au poste.

Aurélien Darcourt semblait moins stressé, il avait repris quelques couleurs.

– Avez-vous trouvé une explication à ce vol ? demanda le commandant.

— Toujours pas. Rien d'autre à vous dire, répondit Aurélien.

— Autre chose. Que pouvez-vous me dire de Mademoiselle Berthier ?

— Elle travaille dans cette agence depuis quinze ans. C'était un très bon élément, ne ménageant ni son implication ni son temps.

— Pourquoi dites-vous « c'était »?

— Depuis quelques mois, elle a beaucoup changé.

— De quelle manière ? Elle est moins performante ?

— Non, son travail est toujours bien fait. C'est plutôt sa motivation qui n'est plus la même. Elle s'absente souvent, demande des RTT presque tous les week-end ou bien sollicite de quitter son poste une heure ou deux avant la fermeture. Et puis surtout, il me semble qu'elle dépense beaucoup plus qu'avant.

— Et comment savez-vous cela ? dit Alex.

— Contrôlez ses comptes et jugez par vous-même.

— Nous le ferons, soyez en persuadé. Monsieur Darcourt, vous êtes libre, annonça le commissaire. Vous pouvez rentrer chez vous mais tenez-vous à la disposition de la police et ne quittez pas Paris.

— Merci, commandant, déclara Aurélien, soulagé.

Le directeur parti, le commissaire réunit ses adjoints et leur fit part de ce que lui avait confié Darcourt sur la jeune femme.

— Léo, tu continues de vérifier les comptes de cette dame, tu me fais aussi une recherche sur sa famille, ses amis, ses amants, la totale. Pascal, tu la prends en filature et tu ne la lâches plus. Je veux savoir à quelle heure elle se lève ou se couche, ce qu'elle prend au petit déjeuner, quand elle se douche enfin tout de ses habitudes. Si c'est elle, elle finira par se trahir.

– Ok, patron, répondirent Léo et Pascal.

– Nous avons un long week-end devant nous. Travaillez bien. Je pars pour quelques jours. Je serai joignable sur mon portable personnel en cas d'urgence. Sinon rendez-vous lundi matin pour un point précis.

– A lundi.

– Une dernière chose. Contactez la société de nettoyage et convoquez celle ou celui de ses employés qui a fait le ménage dans l'agence le vendredi soir. Nous ne l'avons pas encore entendu. Qui sait, il ou elle aura peut être vu quelque chose. Cette fois je me sauve. Salut les gars, à lundi.

* * * *

Mercredi 31 – Au Balto -

Comme tous les mercredis depuis que Bruno faisait le taxi, Jeannot et lui avaient pris l'habitude de déjeuner ensemble. Jeannot profitait de sa pause pour sortir un moment de cette usine bruyante où on ne pouvait se parler qu'en criant, les casques sur les oreilles atténuant difficilement le tintamarre des machines. Ce petit interlude dans sa journée le soulageait un moment. Et puis il aimait retrouver Bruno. Une amitié vieille de presque vingt années les liait très fortement. Ils avaient débuté au même poste de travail et avaient conservé cette solide entente et conservé l'entracte du mercredi. Ils se rejoignirent au Balto qui était devenu leur QG. Le patron les connaissait bien et sa cuisine était excellente, une cuisine familiale savoureuse et sans chichi. A une table non loin de la leur, un groupe commentait à grand renfort d'éclats de voix, un article du journal ouvert devant eux.

— Vous avez vu le titre : UN AUDACIEUX HOLD-UP à la BNP. Ça, on peut dire qu'ils leur ont sifflé le casse-dalle.

Tous riaient comme s'il s'agissait d'une bonne blague ! Bruno tendit l'oreille, alerté par la nom de la banque.

— Vous imaginez ? demanda celui qui lisait. Putain, les mecs y se sont faides couilles en or ! poursuivit l'homme.

— Vous savez combien y z'ont raflé ? dit un autre. Cin..quante... mille euros, ça doit faire un gros paquet de biftons.

— Oui. Enfin, non, je vois pas mais ça doit faire un beau paquet, répondit l'un d'eux

— Y sont tranquilles pour un moment si y font pas les cons !

— Oui, si y font pas les cons... comme tu dis.

— Putain, faut être gonflé quand même, moi j'oserai pas. Et toi Julot ?

— Euh... moi non plus. Mais y en a qui osent, tu vois.

— Et pendant qu'ils sont en train de se faire bronzer au Maroc, nous on bosse comme des cons !

— Pourquoi au Maroc ?

— Comme ça, pour rien, c'est là que j'serais allé à leur place. Bon, assez de rêves, de bla bla, dit un gros balaise ! La pause est terminée, les gars. Faut arrêter de rêvasser et aller bosser.

Et le groupe sortit, poursuivant sa conversation sur le casse.

- Jeannot, va me chercher ce canard, tu veux, demanda Bruno d'une voix blanche.

Son copain se leva, récupéra le journal et revint vers Bruno qui le prit si brusquement que Jeannot en fut surpris.

- Qu'est ce qui t'arrive, mon Bruno ? Tu me sembles affolé, remarqua-t-il.

- Y a de quoi ! Le casse a eu lieu dans l'agence

où bosse la frangine de ma femme. Je redoute le pire !

— Pourquoi ? C'est quand même pas elle qui aura vidé sa propre tire-lire ?

— Va savoir ! Depuis qu'elle vit avec ce baltringue, soit disant écrivain, elle ne nous parle plus. Elle flambe à tout va, sans compter.

— Comment t'es au parfum ? demanda Jeannot d'puis perpète. Elle a j'té un œil après leur dispute, juste avant qu'Isabel ne lui retire la signature.

— Et alors ?

— Ses comptes vont presque vides. Elle qui était si raisonnable. C'est de la folie. Tu m'excuses, mon Jeannot. Faut qu'j'aille voir ma Nina. Si elle a appris la nouvelle, elle doit être effondrée.

— Vas-y, mon Bruno. Pas de souci. Tiens-moi au jus. Bises à Nina.

Bruno quitta rapidement le bistrot, s'engouffra dans sa voiture et démarra en trombe. Il se remémorait l'allusion qu'il avait faite à Isabel. L'avait-elle reprise à son compte et mise à exécution ?

– Sous l'emprise de ce requin, elle est capable de tout, marmonnait-il.

* * * *

NOVEMBRE 2018

* * * * * *

20

Lundi 5 novembre – 10h – Agence de la BNP

Enfermée dans son bureau, Isabel se repassait le film du triste week-end qu'elle venait de vivre.

Ses craintes s'étaient avérées réelles. Il ne l'aimait plus, il la rejetait sans ménagement, comme on jette un vêtement usagé. Qu'avait-elle fait pour lui déplaire ? Elle l'avait appelé plusieurs fois. Il n'avait pas répondu puis avait fini par décrocher.

– Qu'est ce que tu veux encore ? Le ton était cinglant.

– Je voulais juste savoir si tout va bien, si tu as pu satisfaire tes amis et si tu rentres ?

– Mais tu n'as donc rien compris ! Je ne reviendrai plus jamais, avait-il martelé. Je te l'ai déjà dit : nous deux, c'est ter...mi...né, enfonce bien ça dans ta petite tête de linotte. Tu me déranges. Cesse de me courir après. Je ne veux plus rien avoir à faire avec toi.

– Comment peux-tu oublier tous les moments merveilleux que nous avons partagés ?

– Sans aucun problème. Juste quelques mois de mon existence à rayer de ma mémoire et c'est déjà fait. Oh ! Et puis zut à la fin. Et il avait raccroché.

Une fois de plus la souffrance avait fait place à la haine. La révolte avait grondé en elle comme la lave d'un volcan prête à surgir du cratère avec violence pour tout ensevelir autour d'elle. Elle se vengerait, il ne lui échapperait pas. Elle avait réussi à faire accuser le directeur, elle saurait le terrasser lui aussi.

Elle serra les poings et contracta ses mâchoires, les yeux lançant des éclats meurtriers.

– Tu comprendras mais trop tard que la linotte

comme tu dis, à une tête bien faite mais aussi bien pleine. Crains ma vengeance, pauvre misérable personnage.

Elle se secoua et reprit le cours de son travail essayant de se concentrer sur ses dossiers pour ne plus penser.

De retour de son week-end en Bretagne avec sa famille, le commissaire Pollet salua ses adjoints. Il écouta avec attention le compte rendu des investigations qu'il avait demandées.

— Voilà qui confirme notre scénario, celui dans lequel ce serait elle la coupable. Pascal, veux-tu me repasser la bande du vendredi, dans la chambre forte, s'il te plaît.

— Voilà. Il avait allumé son ordi. J'ai remarqué que pendant qu'elle compte puis range les liasses, elle est toujours de dos, faisant ainsi écran à la caméra.

— Tu as raison. Elle sait qu'elle est filmée et s'arrange pour que l'on ne voie jamais ce qu'elle fait.

— Il y a bien un sac poubelle dans la corbeille à papiers.

La journée se passa en vérifications. Vers seize heures, on toqua à la porte du bureau et un policier entra

— Commissaire, dit-il, Madame Simon vient d'arriver.

— Madame Simon ? s'étonna-t-il.

— C'est vrai, j'ai oublié de te dire. J'ai retrouvé la femme qui a fait le ménage à la banque ce vendredi 26 et je l'ai convoquée comme tu me l'avais demandé.

— Exact. Faites-la rentrer dans mon bureau. J'arrive !

L'interrogatoire de Madeleine Simon s'avéra plus que fructueux. Elle leur fournit certains indices qui les confortèrent dans leurs déductions.

— Merci, chère Madame. Vous nous avez été d'une aide précieuse.

— Avec plaisir, Monsieur le commissaire.

Au moment où elle sortait du bureau, elle les entendit se congratuler mutuellement. Elle était fière d'avoir pu aider à la résolution de l'affaire.

* * * *

Lundi 5 – 18h-

La femme de ménage arriva comme Isabel baissait le rideau de l'agence.

— Bonsoir Madeleine ! Vous commencez bien tôt aujourd'hui, fit-elle remarquer.

— Bonsoir, Madame. Oui, un de nos clients nous a demandé de faire le ménage le matin. Je vais pouvoir rentrer de bonne heure ce soir. Ce sera agréable d'être avec ma famille.

– Je vous comprends. Eh bien ! Bonsoir et bonne fin de journée.

– Au fait, Madame ! Savez-vous que la police m'a interrogée aujourd'hui ?

– Ah, non, je ne savais pas. Pourquoi cet interrogatoire ? Vous n'étiez pasprésente ce lundi matin.

– Ils voulaient savoir si vendredi soir, je n'avais rien remarqué de particulier.

– Vendredi soir ? Et que leur avez-vous dit ?

Isabel commençait à trembler.

– Que dans la banque tout était comme d'habitude, que tout était en ordre. Et puis je me suis souvenu que j'avais vu une femme jeter son sac poubelle dans notre container. Je m'étais même fait la réflexion : « Encore une qui a la flemme de descendre jusqu'à son local à poubelles.»

– Et c'est tout ?

— J'ai aussi vu cette femme monter dans une voiture rouge.

— Et qu'ont dit les policiers ? Le cœur d'Isabel avait des ratées.

— Ils m'ont remerciée et je suis partie. Mais en sortant du bureau, j'ai entendu le commissaire dire à l'un des inspecteurs : « On la tient. Laissons-la passer la nuit tranquille. Nous la cueillerons demain matin, au saut du lit et à l'heure légale. Voilà une affaire résolue. »

— Ainsi ils savent qui a commis le vol. Tant mieux ! Nous pourrons peut-être récupérer l'argent volé. Bon, il faut que je me sauve. Bonne soirée, Madeleine. A bientôt.

— Bonne soirée à vous aussi, Madame, répondit l'employée.

Isabel s'éloigna. Elle avait une envie folle de courir jusqu'à sa voiture mais se maîtrisa. Il ne fallait pas que Madeleine la voie s'enfuir.

Cette fois je suis perdue. Tout ça à cause de cet être immonde qui m'a rendue folle. Quelle fille stupide j'ai été. Il me faut disparaître au plus vite. Mais si je tombe, je ne tomberai pas seule. Tu vas me payer tout le mal que tu m'as fait.

Arrivée à son appartement, elle changea son tailleur pour un vieux jogging qu'elle utilisait pour le ménage, enfila un duffle-coat informe, mit quelques affaires dans un sac de voyage et prit le peu d'argent qui lui restait. Elle rédigea une lettre pour sa sœur dans laquelle elle s'excusait de son attitude et de leur brouille. Elle écrivait aussi que l'appartement avait été mis à son nom et lui donnait le nom et l'adresse de son notaire – *acceptant enfin, la félonnie d'Arnaud, elle avait pris cette décision une semaine plutôt -*.

Isabel déposa son message dans la cuisine contre le bloc de couteaux posé sur le plan de travail. Sans réfléchir à ce qu'elle en ferait, elle en saisit un à la lame longue et bien aiguisée, le glissa dans son sac. Elle fit lentement le tour de sa maison, revoyant tous les moments heureux qu'elle y avait vécus, sortit et referma la porte sur ce qui avait été sa vie. Une rage muette l'habitait.

Au volant de sa voiture, elle erra longtemps dans Paris. Épuisée, elle finit par s'arrêter dans un quartier peu reluisant, trouva un hôtel minable au fond d'une ruelle sale et mal éclairée. Elle loua une chambre, s'installa sur le lit qui gémit, ouvrit son portable et composa un numéro. Elle parla rapidement à son interlocuteur, raccrocha et commença son attente.

* * * *

21

Lundi 5 – 21 h -

Une voiture s'arrêta au bout de la ruelle. Le lieu était répugnant : des poubelles débordant de détritus, des sacs crevés, jetés à même le sol et habités par les rats, des murs sales et suants d'humidité, un endroit où personne ne voudrait vivre mais qui existait en plein cœur de la ville.

Un homme sortit du véhicule, hésitant à s'engager plus avant. Son aspect soigné et élégant contrastait avec l'environnement.

– Qu'est-ce que je fais ici ? se demanda-t-il. é Pourquoi m'avoir donné rendez-vous dans cet endroit pitoyable ? Elle est devenue folle.

Malgré son envie de faire demi-tour, il s'engagea dans la petite rue. Un néon fatigué clignotait par intermittence au-dessus de l'entrée de l'hôtel.

« Rue des Oiseaux, hôtel Blanc, chambre 23, avait-elle dit au téléphone. Je t'en prie, viens vite ! J'ai de l'argent pour toi. »

– S'il lui reste de l'argent, je vais faire un effort et ensuite j'en finirai avec cette sangsue.

Il poussa la porte de l'hôtel qui grinça lugubrement sans pour autant réveiller le gardien endormi sur son comptoir en compagnie d'une bouteille de rouge bien avancée. L'homme monta au second étage et chercha la chambre 23. Il cogna à la porte. Elle s'ouvrit rapidement et Isabel lui tomba dans les bras.

– Arnaud, mon cœur, tu es venu.

D'un rapide coup d'œil, il avait fait le tour de la chambre. Aussi minable que le reste de l'hôtel, rien à voir avec ceux qu'il fréquentait. Le papier peint sur les murs cloquait, couvert de moisissures. Décollé, arraché en certains endroits même les fleurs de son décor s'étaient fanées au fil des ans. Un vieux rideau élimé masquait la fenêtre et le lit en fer recouvert d'une couverture rapiécée, devait grincer à chaque mouvement de son occupant

Elle riait et pleurait à la fois. Elle le couvrait de baisers, se serrait contre lui. Il la repoussa d'un geste si brutal qu'elle tomba assise sur le lit.

– Arrête, lui dit Arnaud d'un ton sec. Lâche-moi. Que fais-tu dans cet hôtel miséreux dont même les sans-abris ne voudraient pas tant ça pue la misère !

– Pourquoi me repousses-tu ? Qu'ai-je fait pour mériter ce mépris ? s'insurgea-t-elle

– Tu n'as pas encore compris que je ne veux plus de toi ? Comment faut-il que je te le dise ? Tu es vieille, tu es moche, tu es collante. Je n'en peux plus de tes jérémiade, de tes reproches. Tu me pourris la vie avec tes appels incessants. Je veux que tu dortes de mon existence. Je ne veux plus rien avoir à faire avec toi. De toutes façons, j'ai trouvé celle qui me fait vibrer, celle qui me donne du plaisir comme jamais, celle avec qui je vais enfin pouvoir mener la vie que j'aime. Il faut dire qu'en plus d'être jeune et belle, elle est aussi très riche. Nous nous marions le mois prochain

— Comment peux-tu te comporter ainsi ? Je t'ai donné tout mon argent sans jamais poser de questions. Je me suis brouillée avec ma famille, je me suis faite voleuse pour toi et maintenant que je n'ai plus rien, tu me rejettes. Mais quel homme es-tu ? Comment ai-je pu ne pas voir en toi cette personne infâme, sans cœur, sans morale que tu es en réalité.

— L'amour aveugle même les personnes les plus clairvoyantes et je suis passé maître dans l'art d'attirer les femmes comme toi. Je profite au maximum de leur aveuglement et puis je les jette quand elles ne me servent plus, quand j'ai tiré d'elles tout ce qu'elles avaient à m'offrir.

Les paroles cinglantes qu'il prononçait, la lueur de mépris qui brillait dans ses yeux et le rire sarcastique qui le secouait, la mirent en rage. Soudain elle sentit tout son être se rebeller : Isabel, non Isabelle, celle qu'elle était avant lui reprenait sa place, sa combativité.

Elle se ressaisit comme si elle renaissait de ses cendres après avoir brûlé d'amour pour lui. Elle prit le couteau qu'elle avait dissimulé dans un pli de la couverture et le tint dans son dos.

— Tu m'as dit avoir de l'argent pour moi. Donne-le moi, qu'on en finisse.

— Je savais que tu viendrais, attiré par l'argent mais avant je veux savoir si tu peux m'aider. Je me cache parce que la police a compris que j'étais la responsable du vol à la banque. Il faut que je leur échappe, que je disparaisse. Tu pourrais me cacher dans ta maison de pêcheurs, le temps que je puisse m'enfuir vers un autre pays.

— C'est hors de question, je ne me ferai pas ton complice, dit-il sèchement. Tu as volé la banque, tu dois en assumer les conséquences toute seule.

— Mais c'est pour toi que je l'ai volé ! Toi seul

qui en a bénéficié ! Avec cet argent tu as pu sauver ta vie. Tu ne peux pas m'abandonner. Je t'en supplie, aide-moi ! Elle l'implorait

Il partit d'un grand éclat de rire.

— Et tu as cru à cette fable ? Naïve que tu es. Je ne joue pas. L'argent est trop précieux pour le perdre au jeu. Te venir en aide ? Hors de question. D'ailleurs, je ne te connais pas, je ne suis jamais venu ici et l'argent que tu m'as donné est depuis longtemps en lieu sûr. Je ne suis pas aussi bête que tu pourrais le croire. Donne-moi vite celui dont tu m'as parlé que je m'en aille. Ma douce amie m'attend.

C'en était trop. Ce mépris, cette suffisance, Isabelle se leva d'un bond. Un éclair d'acier brilla dans la pénombre.

— Tu ne t'en tireras pas à si bon compte, siffla-t-elle entre ses dents.

Sa voix s'était faite rauque, menaçante. Elle s'approcha rapidement sans lui laisser le temps de réagir.

– J'avais prévu ta réaction. En te parlant d'argent, je savais que tu viendrais. Tu n'appartiendras jamais à personne d'autre qu'à moi et tu vas payer pour tout le mal que tu m'as fait.

D'un mouvement rapide et puissant, sa force décuplée par la souffrance et la haine, elle lui planta dans le ventre le couteau de cuisine qu'elle avait amené avec elle.

– Adieu mon amour. Tu es à moi pour toujours.

Il la regarda incrédule, ne comprenant pas ce qui lui arrivait. Il mit les mains autour de l'arme fichée dans son abdomen. Le sang gluant qui coulait de la plaie, poissa ses mains. Il tomba à genoux puis s'étala de tout son long, les yeux révulsés, un dernier râle s'échappant de sa poitrine.

Isabelle le regarda s'écrouler. Sans réaction, elle le fixait d'un regard vide. Elle resta un long moment debout puis s'assit au bord du lit, ouvrit son portable et composa le dix-sept. Au bout du fil, une voix ensommeillée demanda :

– Police secours. Que puis-je pour vous ?

– Je viens de poignarder mon amant, je crois qu'il est mort.

Elle écouta la réponse et raccrocha. Quelque part, dans la petite rue mal éclairée, une radio proche diffusait « Requiem pour un fou » de Johnny. Elle se mit à fredonner doucement en se balançant, accompagnée par les grincements du sommier rouillé.

Bientôt la sirène de la voiture de police troubla le silence et le bleu du gyrophare éclaira la nuit.

* * * *

Je n'étais qu'un fou mais par amour
Elle a fait de moi un fou, un fou d'amour
Mon ciel c'était ses yeux, sa bouche
Ma vie c'était son corps, son cœur
Je l'aimais tant que pour la garder je l'ai tuée
Pour qu'un grand amour vive toujours
Il faut qu'il meurt, qu'il meurt d'amour. »

« Réquiem pour un fou »

(1976)

Johnny Hallyday

Du même auteur
Aux Éditions Stellamaris (1)

Romans
La boîte à sucre

Le secret de Constance

Une petite ville si tranquille

La bête est morte

Témoignages
Ce crabe qui en pince pour moi

Briser le silence

Aux marches du passé

Récits – Nouvelles
Trois femmes

La voyeuse

Recueils de poésies

Juste quelques mots d'amour

Émotions

Promenade

À cloche cœur

Ouvrages pour la jeunesse

Shona, femme chamane

La petite fille aux coquelicots

(1)   En vente sur le site de l'éditeur
ou sur   Amazon.fr

* * * *

En vente exclusivement sur Amazon

Recueils de poésies

Fouka, souvenirs et regrets

* * * *

Livres pour les plus jeunes
Les histoires de Mamie

5 Tomes

- Miracle à Noël
- Valentin et l'ours magicien
- Qui a volé la sacoche de Casimir Timbreposte ?
- Les aventures de Chloé
- Nina au pays du Père Noël

* * * *

Aux éditions BoD

Lisez l'histoire vraie de
Pauline, une femme pied noir.
Une saga familiale d'émigrés
comme il y en eu beaucoup à cette époque,
en Algérie.
Venus de France, d'Espagne, d'Italie ou d'ailleurs,
ils ont fait de ce pays inculte et insalubre
« Le verger de la France »
****

Le manuscrit assassiné
Roman policier
****

La dame aux loups *
Roman médiéval
* (L'acheter chez BoD pour avoir la dernière version)

Au revoir

Je dédie ce livre à toutes celles et ceux qui ont cru en moi et qui ont aimé me lire.

J'ai souvent baissé ma plume, jugé inutile et sans intérêt les mots que j'alignais sur l'écran, banales et quelconques les histoires nées de mon imagination. Mais elles avaient pour moi, la force d'exister.

Elles m'ont permis de ne pas disparaître, de continuer à vivre, de voir au-delà des jours qui s'enfuient inexorablement.

Je vous offre ici mon dernier roman. Il fut difficile à conduire au bout de son aventure. J'ai eu du mal à m'en imprégner. Mais il est né. Vous plaira-t-il ? Les lecteurs me le diront peut être.

Alors soyez remerciés, vous tous qui m'avez accompagnée tout au long des années.

Un remerciement particulier à mon coach, Gérard Bourguignat qui m'a soutenue tout au long de ce parcours.

Un autre remerciement à mon adorable cousin, Paul Rodriguez, mon canadien préféré, pour la beauté des couvertures qu'il a conçues pour moi.

Ici s'achève cette aventure si prenante qu'est l'écriture. J'ai aimé la vivre et la partager avec vous.

Des mots survivront, des histoires resteront peut être au fond de vos mémoires, quelques poèmes aussi…

Car la source est tarie où s'abreuvait ma plume
Ma muse m'a quittée, se noyant dans l'écume.
Elle cherchera encore, elle trouvera sans doute
Un autre compagnon pour poursuivre sa route.

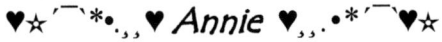

Achevé à Marignane le 4 Février 2021